超好記!

今天就學會日語五十音

邏輯式超強記憶名師 陳光老師獨門絕技大公開!

陳光・著

史上最強快速記憶日文五十音學習法

讓你可以在一天之內開口說日文

利用等公車、坐捷運,短暫時間就可以輕輕鬆鬆記住

並且從此永遠不會忘記這五十音

踏出成功學習日文的第一步

隨書附贈:獨家五十音語音學習MP3(詳見封底折口)。

【作者序】

利用邏輯式記憶法學日文

教邏輯式超強記憶這麼多年，常會有學生跑來跟我說：「老師，我學過超強記憶之後，就不怕考試了。那一大堆要背的課文、英文單字什麼的我都可以很快背起來！」

這個時候我除了讚美他，也會這樣問：那課本以外的東西呢？

邏輯式記憶是一種學習的方式，透過左腦邏輯與右腦記憶的充分應用，可以加速資訊的吸收與記憶。這個方法並不只適合中小學的孩子應付學校的考試，事實上，只要懂得靈活應用，邏輯式記憶可以幫助你很快的記下你需要背誦的任何東西。

一般台灣人所學習的第二外語是英文，不過由於地緣關係，在工作上需要使用日文的人也為數可觀；加以日本的服飾、動漫畫、電影等等次文化的輸入，年輕學子們對於日語通常也心嚮往之。

可是除了上日語補習班的人會有比較大的進步，許多自學者往往在試圖克服五十音平假名與片假名的時候就放棄進一步學習了。因為日語的五十音雖然好唸，在字形上也是承襲中國漢字而來，但是其字母系統和我們所熟悉的國字還是有很大的差異。尤其又分成平假和片假兩個分支，在學習上就很容易混淆或遺忘。而就算是去補習班學日文，也需要花很長的時間把五十音給背起來，才能進行單字的學習。

　　本書《超好記！今天就學會五十音》就是為了幫助想要自修日文的初學者而寫的。我在這本書裡面化身為一個大學生，和朋友趁著放暑假的時間輕鬆地學日文；除了教你用邏輯式記憶迅速地記憶平假名和片假名之外，還提供了一些實用的單詞和生活會話，讓讀者能在很短的時間內達到一般自修日文者一兩個月才學得會的日語程度！書中也收錄了一些日本的小文化、日本時下年輕人流行語，還推薦了轟動一時的日劇幫助讀者學習日文與日本文化。從基礎的字母到實用的短語、會話，這本《超好記！今天就學會五十音》都囊括其中，最重要的是透過邏輯式超強記憶，將這些日語一網打盡！相

信讀者們在看過這本書之後，都可以自信滿滿的自修日文！

　　最後，本書的完成感謝陳光邏輯式超強記憶講師林沛侯、李瑞涵、林季瑩協助平假名與片假名的轉碼和鎖碼部分，也感謝季瑩對於本書的整理與潤飾。特別感謝城邦集團布克文化的編輯佳玲與珮甄，讓這本書能夠順利出版。倉促付梓，難免疏漏，僅希望透過這本書和讀者們分享如何用邏輯式超強記憶學習日文，更希望所有讀過本書的人都能夠靈活的運用這種方法學習新的語言。

目錄

第一章

五十音學習日記

　　清風徐來，水波不興；騎在回家路上的時候沒什麼能破壞我平靜的心靈——連被龜速阿桑擋住前路，我也僅僅報以一個微笑，輕輕地說聲：「暗。」畢竟這一天我已經等很久了——終於放暑假啦！

　　今天考最後一科通識，哈，看到題目卷我還有點失望呢——太簡單了嘛。還好我也只花了一點時間看而已，很早就交卷了。我一邊哼著小調一邊走向停車場，準備騎著我拉風的——腳踏車，奔向我三個月的暑假！

　　大學生真爽！！三個月的暑假真夠你好好過的。而且老早就計畫好了，這個暑假我要跟同學好好切磋球技，帶我親愛的女朋友小芬去環島，還要看遍暑假所有強檔院線片，還要……

　　「嘿！光光！」

　　咦？這是在叫我嗎？我下意識地搔搔腦袋，仔細想想，「咦？這不是豪哥的聲音嘛！」

　　回頭一看，果然是我的高中死黨豪哥！他原本跟我同校不同系，結果被二一又重考，現在推甄上了我的系，我反而變成了他的學長。哈，感覺真奇怪。

　　「還不叫學長！」我嘲笑他。

「誰理你啊！不過，大哥多多提攜點吧，我可不想再重考一次。」豪哥很像小男生在撒嬌。

「對了，說到這個，你到底是怎麼被二一的啊？!一直沒問清楚耶。」我好奇的問。

「哎唷，有個學期就不小心主科搞砸了嘛，再加上選修日文又被當，就給他掰啦!!」

「選修日文？你有選喔！」豪哥會選日文，的確令人驚訝。

「其實是不該選的啦！當初聽風評說這個老師考得很簡單，就考平假名跟片假名默寫而已，我才去修的。」原來如此……

「那結果咧？」

「我背了，可是記不起來哪個字是長什麼樣子，不會寫。期末考老師很好心地給我49分……」

唉，不愧是豪哥。當年我們兩個好兄弟都是理科比高，文科比爛的。

豪哥說：「你知道嗎？我其實真的很想學日文，結果修課老師根本只把平假名和片假名唸過一遍，就開始亂唸一堆火星文，如果你有看日劇，或許可以聽懂一

點，可是你也知道的，教授就很LKK，不是發音都攪和在一起，就是把話說在嘴巴裡，最好全部人都知道他在說啥！」

「我承認我們真的不是很喜歡跟英文裝熟，可是日文就不一樣了，日劇、Sony的遊戲、好看的A片都跟日本有關係，我們能不會日文嗎？」我開開玩笑。

「唉，不過早知道那麼難背，我就不修了。」

豪哥這話讓我沉默了半晌。心裡也想，擁有同樣問題的人一定很多吧！我聽過很多同學講他們在學校學日文的情況，大家都不推薦在學校上日文課。他們的理由大致上歸為三類：

「基本上老師是好人，但是進度太慢了，上課會上到睡著。」這是學過或程度好的人說的。

「才剛剛學會唸五十音，很快就要開始考聽寫，認都認不出來怎麼寫啊！」這是跟不上的人說的。

「我被當了！！」這是一臉無辜的同學說的。

問那些學不好的同學，日文五十音有這麼難嗎？大部分的人想想覺得也還好，發音都會唸，只是記不住字形要怎麼寫。不然就是背好了卻又忘了哪個字是怎麼唸

的，而且只要一段時間沒複習，就會忘得一乾二淨。

「到最後我只記得 ａｉｕｅｏ 的音啦，其他都忘掉了。」豪哥笑著說。

「ａｉｕｅｏ？這個不用學我也會啊！！」

「少說風涼話了，不然你教我嘛！」

「好啊！你知道我現在背科可是強得很呢！」

「眞的假的？爲什麼？」

豪哥一臉驚訝。哈，也難怪吧，想當年我也曾經是背東西背得死去活來，卻一點效率也沒有的那種人。

「你聽過陳光邏輯式超強記憶嗎？」

「沒有。那是什麼東西？」

「這是一種快速記憶東西的方法。要背東西，只要會邏輯式的記憶原則，速度可以快個十倍到一百倍唷！」

「是嗎？這麼神奇的東西，你怎麼沒說過啊？」

「因爲你唸電機系啊！誰知道你需要背東背西呢？早知道你會去修日文還修到被當掉，我就早點教你啦！」

「那眞是謝謝喔。欸！那是誰教你的？」

「陳光老師啊！！我之前誤打誤撞看到廣告跑去上陳光老師的課，才發現背書是有技巧的！！」

「可是，你學的東西跟日文有什麼關係？你不是沒學過日文嘛？」

「陳光老師說過啊，只要懂得其中的原理，各種需要背誦的東西都可以用的！」

「被你說得那麼神？！那……可以教我嗎？」

「好啊，反正我女朋友最近出國了，短時間內我只能當宅男；原本想說就在家裡看日劇的，那乾脆也就跟你一邊學日文一邊看日劇吧！！」

「好耶！光哥要出馬啦！對了，那你要不要買課本啊？」

「好啊！嗯……聽說《大家的日本語》不錯喔！！」

「拜託！那一本我也有買，基本上所有日文課都用那本書當教材吧！只是我看完覺得好硬，唯一的感想就是，日本語不是大家的ORZ……」

「啊？那算了。唉呀，明天去書店逛逛好了！」

那就說定了，明天去誠品看看吧！！

邁向學日文的第一步！我一定要讓豪哥知道，我之前上陳光老師的邏輯式超強記憶，絕對可以扭轉一般人學日文的方法！！

第二章

快速記憶學習法

　　時鐘顯示早上十一點半，怎麼我還是睡眼惺忪。唉！沒女友的日子就是這樣，那個甜美又讓人興奮的聲音不見了，結果換來一個「很有磁性」的低音男，喔……我整個就軟掉了。

　　「幹什麼啦你？」我說。

　　「喂，你是老人痴呆喔！今天不是要去找書？」豪哥大聲責怪。

　　「啊，對！」我突然間驚醒。

　　「你這小子還在家睡覺，啊你不是跟我約十一點？」豪哥叫得更大聲了。

　　嘖嘖！豪哥已經在誠品了！看來我要快一點才行了！

　　在誠品書店語文類叢書區，我和豪哥用心搜尋有沒有什麼書可以自修的。GRE、TOEIC、TOEFL、IELTS……這種書多如牛毛，至於諸如大家的日本語，輕鬆學習五十音，五十音輕鬆上手……這種學日文的書也不在話下，但要從哪裡下手好呢？!

　　嗯……忽然想到，陳光老師上課的時候說過，記憶學的原理是可以相通的，既然我可以拿來背課文，那其

實也可以拿來學日文啊！

「等等！讓我想想。」我跟豪哥說。

我記得……陳光老師說過，記憶的祕訣就是在於把陌生的文字與自己的已知作比對，轉碼成自己可以理解的文字。當你透過檢索已貯存於長期記憶中的知識來幫助記憶新知，就是邏輯式的記憶方式。

陳光老師也常常說：「過去的已知形成你現在的邏輯。」一旦將新學的資訊轉碼成可以理解的文字，這些可以理解的文字就會變成像是一塊塊具有磁力的「磁鐵」一樣了。

一塊塊的磁鐵會互相吸引，而這個相吸的概念陳光老師把它稱為「鎖碼」。有趣的是，轉碼跟鎖碼的動作都需要邏輯的輔助，也需要認知的延伸。

用最簡單的話來說，當你要記住一個新訊息的時候，根據自己的知識經驗對那個訊息進行聯結，只要能夠成功串起已知與未知事物之間的關係，你就已經使用了邏輯式的記憶方式。如此一來，記憶的效果也就會出來了。

柏拉圖在思考知識與學習間的關係時，曾提出這樣

的想法：

> 我們生而有知，所謂的「學習」是一個人
> 的靈魂重新收集或喚醒原有記憶的過程。

雖然柏拉圖當年並沒有提出一個明確的方法來引導或啓發孩子本有的知識，也沒辦法證明一個人是不是眞的在出生之時，就已經具備所有的知識，只等著你把它從腦中喚醒。然而柏拉圖對於知識學習的想法，倒是與今日所謂全腦開發、記憶力研究的某些概念有謀合之處。

「已知」是過去所累積的知識與經驗，這些根深柢固的知識儲存於我們的記憶裡，在經意或不經意之時被召喚出來。擁有的知識經驗越豐富，解決問題的能力與待人接物的態度都會愈臻成熟。我們也可以把同樣的概念用在學習上——既然一個人所累積的知識與經驗可以用在待人處事上，那想當然爾，它也可以在學習新事物的時候派上用場。

陳光邏輯式超強記憶的想法正是如此，利用人類過

去的已知來幫助我們記憶新學習的事物，要提升記憶的速度是一件很簡單的事情。畢竟人類的記憶從外界訊息對感官的刺激到短期記憶再到長期記憶，是一連串深化的過程。

好！記得陳光老師說過，文字的學習可以利用字形和字音來進行連結，啓動視覺和聽覺來進行比對，就可以將「未知」的資訊儲存在「已知」的記憶庫內，也就是老師所謂的「轉碼」和「鎖碼」了！那我就來這樣試試看吧！

對！日文五十音的平假名、片假名其實也可以利用文字本身的形碼（字形）與聲碼（字音）做比對嘛！

「豪哥！」我找了半天才看到他，這個不長進的兄弟已經跑到推理小說區去了。

「你沒上過陳光邏輯式超強記憶吧？！」

「那是什麼雕？！」豪哥竟然摳起鼻孔⋯⋯

「來來，我們隨便給他買一本學日文的小書回去就好了，我來教你用轉碼的方式學日文！」

「啊呀，你是不是走火入魔了？」豪哥一臉疑問。

「不是啦！我教你怎麼轉碼，然後我們一起想要怎

麼用轉碼的方式學日文啊！」我開始不耐煩了。

「什麼是轉碼？」豪哥開始好奇。

「簡單的說，轉碼就是啓動視覺和聽覺，連結你的已知和未知。例如說，陳光老師有講過一個英文單字的記憶方式：enterovirus（腸病毒）這個單字，把它拆開來就成：

「en」轉成「硬」；

「te」轉成「特」；

「ro」轉成「肉」；

「virus」就是「病毒」。

然後老師如何做鎖碼呢？他說「很硬又特別的肉形成的病毒就叫做腸病毒」。串起已知「硬」「特」「肉」和未知「腸病毒」的關係，就是鎖碼！

「這是啥？！這叫作邏輯喔，好難！」

「當然啊，那是因爲每個人的邏輯不一樣啊！所以他轉碼的方式你不一定接受嘛！所以才要發展自己的邏輯啊。」

我花了一點時間跟豪哥解釋啓動邏輯是記憶的方

法，畢竟邏輯式記憶最重要的就是運用自己的邏輯！陳光老師說過：「利用自己的已知來引導未知。」當人們面對新的事物和資訊時，都會自然的用自己過去的已知來推測、聯結或試著解釋未知的東西。記憶形成也是這樣子的。

豪哥不認同剛剛那個英文單字enterovirus的轉碼，因為他的邏輯跟陳光老師不一樣！所以自己用自己的邏輯就好了嘛！天底下每個人都因為學習環境、成長背景都不一樣，所以在思考、學習的時候，每個人的邏輯思惟也大不相同。

正因如此，更要自己來啊！！

最後我們達成共識，決定用陳光邏輯式記憶來學習日文。

於是我們又在日語教科書那一區逡巡了半天，最後總算是選定了一本看起來圖文並茂的書，並決定明天起，就用這種方式來練習轉碼學日文。

第三章

平假名快速記憶法

あ 【a】

轉碼

　　根據記憶學的原理，要盡量啓動視覺和聽覺！

　　從視覺上來看，あ的字形很像一個女生的「女」，上面則是多了一橫，所以可以把它想成「一個女生頭上被砍了一刀」；而字音唸作【a】，聽起來像是中文的「啊」。

鎖碼

　　所以，在結合字形和字音，就得出以下結論：

　　「一個女生頭上被砍一刀發出慘叫聲：『啊』！」就等於「あ」這個字啦。

　　　女　＋　頭上砍一刀　＋　啊　→　あ
　　　字形　　　　字形　　　　　字音

い 〔i〕

轉碼 1

　　它的字形本來就來自於中文字的「以」，只要寫草一點就是「い」，長得還蠻像的說，結果讀音唸作〔i〕，聽起來也像「以」。

鎖碼 1

　　所以，在鎖碼時只要直接將「以」聯結到這個「い」即可。

以 ＋ 以 → い
字形　字音

轉碼 2

　　這個字母除了像中文的「以」，其實也滿像標點符

號中的括號「（）」。

在字音的部分，這個字和阿拉伯數字的「1」剛好同音。所以我們可以盡量發揮聯想力，在考卷裡我們通常會在括號中填上1、2、3、4，但如果不知道答案，只好用瞎矇的方式，一律填上「1」囉。

鎖碼 2

綜合上述字形與字音的聯想，就會得出：

「每個括號（）的答案都猜1。」就等於「い」這個字啦。

$$（）\ +\ 1\ →\ い$$

字形　　字音

う〔u〕

轉碼

　　從字形上，很像是今天的「今」去掉人字頭後的樣子，所以不妨把它想成「今天沒有人」；而字音唸作【u】，則像是摀住嘴巴的「摀」。

鎖碼

　　所以，結合字形與字音的聯想，就成了：
　　「今天沒有人摀住嘴巴」，就等於「う」這個字啦！

　　　"今" 天沒有 "人"　　＋　　摀　　→　　う
　　　　　　字形　　　　　　　　　字音

え 【e】

轉碼

觀察一下字形，這個字長得很像中文的「元」；而發音【e】則像是英文字母中的「A」，也就是A錢的「A」。

鎖碼

因此，在結合字形與字音的轉碼後，很自然就會聯想成：

「記住，做人要實在，連一元也不能A喔」，就等於是「え」這個字。

元 ＋ A → え
字形　　字音

 〔o〕

轉碼

　　仔細觀察這個字，會發現整個字看起來很像扣分的「扣」，只是右邊偏旁加上了一個小點，姑且當成是「一」吧，結合起來可以變成「扣一分」。而字音的部分，唸起來是「喔」的音。

鎖碼

　　所以，再將字形和字音的轉碼加在一起後，就變成：

　　「喔喔！小心這樣寫會被扣一分喔！」也就得出「お」這個字了。

　　　　"扣" "一" 分　＋　喔　→　お
　　　　　字形　　　　　　字音

か 【ka】

轉碼

　　這一看就是一道力量的「力」再加一撇，所以可以直接使用已知的字形「力」；由於字音唸作【ka】，之後再啓動聽覺「卡」的一聲！就算轉碼完畢了。那麼，接下來要怎麼鎖碼呢？

鎖碼

　　鎖碼時，想像「有一股力量被卡住了」，所以它唸作【ka】，也就記住「か」這個字！

$$\boxed{力} + \boxed{卡} \rightarrow か$$

字形　　　字音

き【ki】

轉碼

　　首先啓動視覺，會發現這個字看起來很像一把鑰匙哩；而字音的部分，き的發音剛好是【ki】，同鑰匙的英文「key」的發音。

鎖碼

　　所以在鎖碼時，就可以很理所當然地想成：

　　「因為『き』看起來就像一把『key』，所以當然唸【ki】囉！」，這樣就把這個字的字形和字音都記下來啦！

鑰匙　　+　　key　　→　　き
字形　　　　　字音

く 〔ku〕

轉碼

這個字很像一個人彎下膝蓋的樣子，而發音唸作【ku】，聽起來就像是「哭」，所以我們可以發揮想像力，什麼樣的情況會因為彎下膝蓋而哭呢？

鎖碼

結合字形與字音後，我們可以得出：

「小明因為被老師罰半蹲，彎著膝蓋在走廊站了半個小時，最後哭出來。」也就是「く」這個字。

彎著膝蓋	＋	哭	→	く
字形		字音		

け〔ke〕

轉碼 1

　　如果把這個字拆開來的話，就很像是「1」和「十」的綜合體，不妨想像成「一個十字架」，而字音的部分唸成【ke】，和英文字母的「K」同音。

鎖碼 1

　　結合上述的字形與字音，我們可以得出：

　　「拿一個十字架去K吸血鬼。」就得出「け」這個字啦！

"一"個"十"字架　＋　K　→　け

　字形　　　　　　　字音

轉碼 2

此外，這個字也很像是中文的算計的「計」，字音仍然可以聯想成英文字母「K」。

鎖碼 2

結合這兩者之後，就會得到：

「除了海K吸血鬼之外，不妨嘗試用算計的方式」。也就記住「け」這個字了。

$$ \boxed{計} + \boxed{K} \rightarrow け $$

字形　　　字音

こ 【ko】

轉碼 1

　　觀察字形，這個字有點像是數字的「二」，而發音唸作【ko】，則像是敲東西的聲音「叩叩叩」。

鎖碼 1

　　因此可以得到：

　　「將二個響板拿來敲，就會發出叩叩叩的聲音。」這樣就可以記住「こ」這個字了。

二　　叩　→　こ
字形　　字音

轉碼 2

　　此外，「二」如果遇到大舌頭的人，也可能會唸成

「惡」，而「こ」的發音【ko】，唸起來也很像是賊寇的
「寇」。

鎖碼 2

所以會得到：

「こ」根本就是「惡寇」一個。

$$惡（二） + 寇 \rightarrow こ$$

字形　　　　字音

さ〔sa〕

轉碼

猛一看，這個字又是一個「十」和一個「一」哩，這下子應該怎麼記住這個字呢？幸好，前面陳光老師的邏輯式超強記憶法已經教過我們，要用「已知來導未知」。因此，之後凡事看到「一」和「十」，都可以套用「一個十字架」的想法，讓記憶的速度更快。而這個字的字音，唸起來則像是殺人的「殺」。

鎖碼

只要動動腦筋，上述的字形與字音的轉碼，或許可以組合成底下的故事：

「吸血鬼今晚出沒本來是為了殺人，想不到卻被一個十字架給阻擋住了。」只能說，真是一個運氣不好的吸血鬼啊，但也因此把「さ」這個字給記住啦。

"一"個"十"字架　＋　殺　→　さ

字形　　　　　字音

し 〔shi〕

轉碼 1

這個字的字形，就像是一個寫得斜斜的英文字母「C」，而且發音【shi】也剛好接近【si】。

鎖碼 1

在結合字形與字音的轉碼後，就可以直接將這兩者鎖起來，並得到：

「し就是一個斜斜的C啊！」

C　　+　　C　　→　　し
字形　　　　字音

轉碼 2

不然的話，你也可以將し想成是一隻「蟲」，發音

的部分則想成「噓噓」。

轉碼 2

這樣一來，字形與字音的轉碼合起來就變成：

「一隻正在噓噓的蟲。」就等於是「し」這個字啦！

$$蟲 + 噓 \rightarrow し$$

字形　　字音

す 【su】

轉碼

　　這個字的字形很像可以的「可」，字音的部分唸作【su】，聽起來則像是初一十五要吃素的「素」。

鎖碼

　　結合兩者的轉碼，就會變成：

　　「老伴，初一十五可以吃素嗎？」

　　或者你也可以想像戴著假牙的老伴這樣回答：「可素……」，光用一個台灣國語就把「す」記下來了耶！

可 + 素 → す

　字形　　字音

せ【se】

轉碼 1

看到這個字的第一個感覺，很可能會覺得它很像是國語注音的「ㄝ」；而字音的部分唸作【se】，則很像是英文的「say」。

鎖碼 1

結合字形與字音，或許可以得出：

「同學們，請大聲地 say せ（say yeah）！」這樣就把「せ」這個字記下來了。

$$\boxed{\text{say}} + \dashbox{せ} \rightarrow せ$$

字音　　　字形

鎖碼 2

又或者，也可以再來一個台灣國語版，把它變成：

「我祝你ㄙㄟˋ　ㄝˋ進步啦（學業進步是也）！」

這樣「せ」這個字大概永遠也忘不掉了！

$$ \boxed{ㄙㄟˋ} \quad + \quad \boxed{せˋ} \quad \rightarrow \quad せ$$

字音　　　　　字形

そ 【so】

轉碼

　　這個字的字形，有點像是前面的「前」上的那「兩」撇，底下再加一個英文字母「C」；字音的部分唸作【so】，則可以想成音符裡 do re mi fa so la si 的 so。

鎖碼

　　結合字形與字音的部分，或許可以得出以下的句子：

　　「C前面的兩個音是 so 耶！」這樣就把「そ」裡的元素全綁在一起啦！

$$\boxed{C} + \boxed{\text{"前"面"兩"個音}} + \boxed{so} \rightarrow そ$$

字形　　　　　字形　　　　　　字音

た〔ta〕

轉碼

從字形的部分，會發現剛剛的「十字架」又出現了，只是這一次底下多了一個「二」頂著；而字音的部分【ta】，則和「塌」同音。

鎖碼

結合字形與字音，可以得到：

「一個超大十字架塌下來了，幸好有二個人頂著！」這樣就把「た」這個字記住啦！

十字架 ＋ 塌 ＋ 二 → た
字形　　字音　　字形

ち　〔chi〕

轉碼

　　字形的部分，相信大多數的人都會覺得像阿拉伯數字的「5」，但當然也可以盡量發揮想像力，去做別的聯想；字音的部分唸作【chi】，唸起來就像母雞的「雞」，或是奇數的「奇」。

鎖碼

　　將字形與字音聯想到的元素綜合起來，就可以直接得出：「『ち』就等於5隻雞！」或用「5是奇數」這樣的句子，來把「ち」記下來。

$$5 + 雞 \rightarrow ち$$
字形　　字音

$$5 + 奇 \rightarrow ち$$
字形　　字音

つ 【tsu】

轉碼 1

從字形來看，會覺得很像是一隻「蜷曲的鰻魚」；而字音的部分唸作【tsu】，聽起來和「粗」同音。

鎖碼 1

綜合字形與字音，就會得到：

「つ」就像是「一條很粗的蜷曲的鰻魚」！這樣簡單一句話，就把「つ」記下來啦！

蜷曲的鰻魚 ＋ 粗 → つ

字形　　　　字音

轉碼 2

此外，字形的部分其實也很像一個人「張嘴」的樣子；而字音同樣是「ㄔㄨ」的音。

鎖碼 2

所以，不妨再來一個台灣國語版的範例：

「人張嘴，不就是為了ㄔㄨ（吃）飯嗎？」這樣不就把「つ」給記下來了？！

$$張嘴 + ㄔㄨ（吃） → つ$$

字形　　　字音

て 【te】

轉碼

這個字的字形，很像是「一」加上「C」，而字音部分則像台語的「拿」，也唸作【te】。

鎖碼

綜合字形與字音後，不妨想成：

「媽媽拿（台語）給我一顆維他命C！」這樣就把「て」的字形和字音都鎖起來囉！

拿（台語）	+	"一"顆維他命"C"	→	て
字音		字形		

と 【to】

轉碼 1

　　仔細觀察這個符號，會覺得它實在很像是在英文字母「C」的背上插上「1」刀的感覺；而字音的部分唸作【to】，就直接讓人聯想到「偷」啦！

鎖碼 1

　　所以在結合兩者後，就會得出：

　　「偷偷在C的背後戳1刀」的句子，也就把「と」這個字記下來啦。

　　　偷　＋　在 "C" 背後戳 "1" 刀　→　と
　　字音　　　　　　　字形

轉碼 2

又或者，字形的部分同樣想成「1」顆維他命「C」；字音的部分【to】的音，則聯想成台語的「吐」。

鎖碼 2

「小明在吃完1顆維他命C後，忍不住吐（台語）了。」這樣就把「と」記下來了。

"1" 顆維他命 "C"　＋　吐（台語）　→　と
字形　　　　　　　　　　字音

な 〔na〕

轉碼

　　從字形的部分，會發現上面又是「一個十字架」，而底下不就是一個「小」加上一個「點」嗎？所以不妨把它聯想成「一個小不點」；而字音的部分唸作【na】，則跟中文的「拿」很像。

鎖碼

　　結合兩者，就會得到：

　　「一個小不點拿著一個十字架」，造出來的句子和「な」字對照，是不是覺得很神似呢？！

一個 "小" 不 "點"	+	拿	+	十字架	→	な
字形		字音		字形		

に 〔ni〕

轉碼

　　陳光老師的邏輯式快速記憶法之所以神奇，就是教導大家要用「已知導未知」。這個字的右半邊直接就是我們前面學過的「こ」，唸作【ko】，跟「叩叩叩」的敲門聲相似，左半邊則像是一個阿拉伯數字「1」；字音的部分唸作【ni】，聽起來則跟「你」很像。

鎖碼

　　結合字形與字音，或許可以組成以下的句子：

　　「你一個人在那邊不停『叩叩叩』地敲門做什麼啊?!」這樣就把「に」的三個符號給串連起來啦。

你	+	"1"個人	+	こ（叩）	→	に
字音		字形		已知		

ぬ〔nu〕

轉碼

　　這個字就更簡單了，字形部分活脫脫就是一個奴隸的「奴」字，而發音唸作【nu】，也很像奴的注音「ㄋㄨˊ」。

鎖碼

　　因此，就直接以中文「奴」的字形與字音，來記憶「ぬ」這個字就行囉。

奴 ＋ 奴 → ぬ

字形　　字音

ね【ne】

轉碼

　　這個字的字形可以拆開成兩部分，左邊像是中文的「提手旁」，右邊則像是阿拉伯數字「2」；字音的部分唸作【ne】，聽起來像是「捏」。

鎖碼

　　結合字形與字音，或許可以得出：

　　「如果我上課睡著了，記得用手捏我『2』下。」這樣就把「ね」這個字記住啦。

$$ \boxed{手} + \boxed{捏} + \boxed{"2"下} \quad \rightarrow \quad ね $$

字形　　　字音　　　　字形

の 〔no〕

轉碼

　　這個字雖然已經很常見了，不過為了加強記憶，我們還是試著把它拆成字形與字音部分吧。首先，整個字的字形就很像是交通號誌裡的禁止標誌「⊘」；而禁止標誌跟【no】的發音又有什麼關係呢？相信大多數人都會聯想到英文單字「NO」啦。

鎖碼

　　結合上述的字形與字音的聯想，就會得到：

　　「禁止標誌⊘就是『NO』的意思。」代表你不能去做的事。想不到，交通號誌也可以幫助我們記憶五十音吧！

$$\boxed{⊘} \quad + \quad \boxed{\text{NO}} \quad \rightarrow \quad の$$

　　　字形　　　字音

は 〔ha〕

轉碼

相信很多人已經發現了，這個字跟前面學到的「け」（唸作【ke】）很像，所以我們應該把它列入自己的已知，只是在「は」的下方多了一隻小手；字音的部分唸作【ha】，則像是哈哈笑的「哈」字。

鎖碼

結合上述字形與字音的聯想，我們的腦海中或許可以描繪出這樣一個畫面：

「有人用手搔著け先生的腳丫子，讓他忍不住哈哈大笑。」這樣就連帶記住「は」這個字啦！

$$ 手 + け先生 + 哈 \rightarrow は $$

字形　　已知　　字音

ひ〔hi〕

轉碼

　　這個字的字形，很像是因爲笑開了，而往上揚的嘴角；而字音的部分唸作【hi】，則很像某人陰謀得逞時「ㄏㄧ、ㄏㄧ、ㄏㄧ」的笑聲。

鎖碼

　　結合字形與字音，就可以得出：

　　「這個人因爲陰謀得逞，而發出『ㄏㄧ、ㄏㄧ、ㄏㄧ』的笑聲」。但這樣一來，下次看到「ひ」這個字時，大概也會覺得這個笑臉不單純吧。

ㄏㄧ、ㄏㄧ、ㄏㄧ	+	笑	→	ひ
字音		字形		

ふ 〔hu〕

轉碼

　　觀察字形，會發現這個字很像是中文的「小」字；字音部分唸作【hu】，則很像是打招呼的「呼」。

鎖碼

　　結合字形與字音的聯想，或許可以得出底下這樣一個句子：

　　「小明本來只是想小睡一下，但因為打呼的聲音太大，還是被老師發現了。」如此一來，是不是就把「ふ」給記住了呢？！

小 ＋ 呼 → ふ

字形　　字音

〔he〕

轉碼 1

　　從字形上，一看就會聯想到注音符號的「ㄟ」；字音的部分唸作【he】，則是抹黑的「黑」。

鎖碼 1

　　結合字形與字音後，就會得到：

　　「ㄟ（欸），請不要隨便抹黑別人好不好！！」這樣不就把「へ」的字形與字音都記住囉。

$$ㄟ \;+\; 黑 \;\rightarrow\; へ$$
字形　　　字音

轉碼 2

　　又或者，字形部分也可以直接聯想成一個「溜滑

梯」；字音的部分我們這次就想成黑色的「黑」。

鎖碼 2

結合第二組字形、字音的轉碼，不就得到：

「黑色的溜滑梯」啦！下次當你在考卷上寫著「へ」時，腦海裡自然就會出現一道黑色的溜滑梯來，怎麼忘也忘不掉啦！

$$\boxed{黑} + \underset{字形}{\underset{}{\fbox{溜滑梯}}} \rightarrow へ$$

字音　　字形

ほ【ho】

轉碼

　　這個字看起來也是似曾相似，回想一下前面學過的東西，就會發現它只是在「は」（唸作【ha】）上面多了一槓，所以不妨把它想成一個在「哈哈大笑的は先生」頭上被「敲了一下」，除了加強已知的字形與字音，也順帶利用這個「已知」來導出接下來的未知。而字音的部分唸作【ho】，則像是生氣地語助詞「吼」。

鎖碼

　　利用前面的已知，結合字音的部分，就會得到：

　　「原本在哈哈大笑的は先生頭上被敲了一下，生氣地喊道：『吼！幹嘛打我？』」

哈哈大笑的は先生	+	敲了一下	+	吼	→	ほ
已知		字形		字音		

ま 〔ma〕

轉碼

單純就字形來看，會不會覺得這個字很像是未來的「未」呢？而字音的部分唸作【ma】，則是世界通用的「媽」的發音。

鎖碼

結合字形與字音，就得出：

「媽媽的教育方式，會決定一個孩子的未來。」用這樣的句子來記憶「ま」這個字，應該也會比較懂得體恤母親的辛苦吧！

媽 + 未 → ま

字音　　字形

み〔mi〕

轉碼

觀察字形，會覺得這個字很像是，阿拉伯數字的「1」和「2」交纏在一起的樣子，我們不妨把它聯想成大學生最害怕的「二一」的退學制度；字音的部分唸作【mi】，則像是「咪」或是其他同音字。

鎖碼

結合字形與字音，就會得到：

「你再蹺課就要被二一啦！快點想辦法彌補吧！」看到這樣的句子，恐怕一輩子也不敢把「み」這個字給忘掉。

二一 ＋ 彌 → み

字形　　字音

む【mu】

轉碼

這個字和前面出現過的「す」（唸作【su】）有點像，只是上頭多了一點，底下也多了一條尾巴，我們不妨把已知的部分化作「す先生」，多出來的尾巴看成他頭上捲翹的頭髮，上頭的那一點看成是他頭上所噴的慕絲。而字音的部分唸作【mu】，也剛好和慕絲的「慕」有相同的發音。

鎖碼

結合已知的部分，加上字音的聯想，我們可以得到：

「す先生捲翹的髮尾，可是用了很多慕絲才做出來的效果！」這樣是不是把所有的元素都兜在一起了呢！

す先生	＋	捲翹的髮尾	＋	慕	→	む
已知		字形		字音		

め【me】

轉碼

這個字同樣也不陌生，直接就跟第一個字「あ」（唸作【a】）相像，只是頭上少了一劃而已，還記得我們在記憶「あ」，是把它視作「女生的頭上被砍一刀」，但這個字就不用那麼麻煩啦，直接就是個「女」字；而字音的部分唸作【me】，則像是姊妹的「妹」。

鎖碼 1

結合字形與字音，我們可以想成：

「這個女生是正妹！」理所當然，跟頭上被砍一刀的「あ」相比，「め」當然比較正啊！

女 ＋ 妹 → め

字形　字音

鎖碼 2

又或者是，我們也可以在鎖碼時，將「あ」也加進來，加強記憶：

「妹妹め在看到姊姊あ的頭上被砍一刀後，忍不住『啊』一聲地叫出來！」這樣是不是把兩個字都記下來了呢？

女 + 妹 → め

字形　　字音

女生頭上砍一刀 + 啊 → あ

字形　　　　字音

も 【mo】

轉碼

這個字形乍看之下就像中文的「毛」；而字音【mo】剛好就是台語「毛」的發音。其實，這是因為平假名本來就是由漢字衍生過來的，「も」的來源字正好就是漢字的「毛」，而發音的部分，漢語的發音本來就比較接近我們現在使用的閩南語，會有這樣的巧合也就不奇怪了。

鎖碼

所以，在這個字的鎖碼時，就直接與「毛」的字形與字音作連結，直接記住：

「毛的台語發音就是【mo】啦！」這樣要記住「も」，就可以說是不費吹灰之力啦！

$$\boxed{毛} + \boxed{毛（台語）} \rightarrow も$$

　　字形　　　　　字音

や　【ya】

轉碼

　　字形部分看起來就像是中文的「也」，而字音唸作【ya】，仔細想想，是不是也跟「也」的台語發音很像呢？

鎖碼

　　所以，字形與字音的鎖碼就更簡單了：

　　「や跟『也』的台語發音【ya】竟然一模一樣，簡直就是一家親嘛！」這樣是不是就把這個字記住了呢？！

$$\boxed{也}_{字形} + \boxed{也（台語）}_{字音} \rightarrow や$$

〖yu〗

轉碼

　　字形的部分，感覺很像是中間的「中」，習慣打麻將的人或許會想成中樂透的「中」；而字音的部分唸作【yu】，則很像是英文單字「You」。

鎖碼

　　結合字形與字音後，就會得到：

　　「哇！！你中頭彩了！You are so lucky！」這樣一來，以後看到「ゆ」這個字時，也會覺得有好彩頭啦，自然不容易忘掉它！

中 ＋ you → ゆ
字形　　字音

よ【yo】

轉碼

　　這個字根本就是上下的「上」嘛，或者是上課的「上」也行；字音的部分唸作【yo】，則像是中文的「有」。

鎖碼

　　結合字形與字音的轉碼後，就可以得到：

　　「你上課時到底有沒有專心在聽課呢？」這個時常出現在老師嘴裡的句子，相信能幫你記住「よ」這個字的。

上 ＋ 有 → よ

　字形　　字音

ら　【ra】

轉碼

　　觀察這個字形，會發現它長得有點像弓箭的「弓」字；而字音的部分唸作【ra】，也很接近中文「拉」的音。

鎖碼

　　結合字形與字音的轉碼，自然就會簡單化約成：

　　「拉弓箭！」簡簡單單幾個字，就把「ら」給記住啦！是不是會覺得非常有成就感呢！

拉　＋　弓　→　ら

字音　　字形

り 〔ri〕

轉碼

　　從字形的部分，可以把這個字拆成兩部分，左邊是一個「1」，右邊也是一個「1」，所以我們可以把它轉碼成「遠遠站立的兩個人」；字音的部分，則是唸作〔ri〕，也像是中文裡的「里」。

鎖碼

　　結合字形與字音的轉碼，自然會聯想成：

　　「遠遠站立的兩個人相距有一里之遠！」下次看到「り」這個字，相信就不容易忘記了。

$$\boxed{遠遠站立的兩個人} \; + \; \boxed{里} \; \rightarrow \; り$$

　　　　字形　　　　　　字音

る【ru】

轉碼

　　這個字的字形，乍看之下很像是阿拉伯數字的「3」，只是底下多了一個圓圈圈，很像抱著一顆蛋的恐龍（或袋鼠也行啦）；而字音的部分唸作【ru】，可以是粗魯的「魯」，也可以是滷蛋的「滷」，既然前面轉碼的恐龍已經抱著一顆蛋了，不妨就把它轉碼成滷蛋的「滷」吧。

鎖碼

　　結合字形與字音後，就會得到：

　　「3歲的恐龍抱著一顆蛋，仔細一看還是顆滷蛋哩！」這個畫面是不是讓你印象深刻呢？以後要忘掉「る」這隻抱著滷蛋的可愛小恐龍，恐怕還不太容易哩！

　　　3 歲的恐龍抱著一顆蛋　＋　滷　→　る
　　　　　　　字形　　　　　　　　　字音

れ 〔re〕

轉碼

字形的部分，可以拆成一個「提手旁」和一個英文字母「C」；字音的部分，則唸作【re】，比較像中文「勒」的發音。

鎖碼

結合字形與字音的轉碼後，很可能就會跑出這樣一幅畫面：

「一隻手勒住了維他命C的脖子！仔細一看，這顆維他命C不但脖子被勒住了，還被拖著走哩！」這樣一想，很容易就會把「れ」給記住了。

手 ＋ 滷 ＋ C → れ
字形　　 字音　　 字形

ろ 【ro】

轉碼

　　這個字的字形跟上述一樣，很像是阿拉伯數字「3」，只是底下少了一顆蛋；而字音的部分唸作【ro】，正好和「肉」的發音很像哩！所以說，五十音果然都是一家親，不然「滷」蛋就是滷「肉」。

鎖碼

　　結合上述的轉碼後，就會得到：

　　「ろ」就是「3 塊肉」！這樣就把「ろ」的字形和字音都給記住啦！

$$3 + 肉 \rightarrow ろ$$

字形　　字音

わ 【wa】

轉碼

　　從字形上來看，左邊又是一個「提手旁」，而右邊則可以看成一個「倒過來的C」，如果延續「れ」中維他命C被勒住的故事，我們或許可以想像成，維他命C終於掙脫束縛，回過頭來看把那隻手打掉；而字音的部分唸作【wa】，自然就聯想到「哇」囉！

鎖碼

　　結合字形與字音後，就會得到：

　　「回過頭來的維他命C打掉勒住自己的手，讓那隻手的主人『哇』地一聲哭出來！」這樣的故事，只是說冤冤相報何時了啊，但是不是也讓我們同時記住了「わ」與「れ」呢？！

$$回過頭的C + 手 + 哇 → わ$$

字形　　　字形　　字音

を 〔o〕

轉碼

　　這個字的字形，剛好是由兩個已知的字組成，分別是「ち」（唸作【chi】）和「し」（唸作【shi】），還記得前者轉成「5隻雞」，後者則是「一顆斜斜的維他命C」；字音的部分，則是唸作【o】，也像是叫痛時發出的聲音「噢」。

鎖碼

　　結合字形與字音後，就會得到：

　　「這5隻雞吃了斜斜的維他命C後，抱著肚子痛著說：『噢！這顆維他命C果然過期了！』」這個冷笑話，相信會讓你下次「を」時，絕對不會錯認吧！

5隻雞	+	斜斜的C	+	噢	→	を
已知		已知		字音		

ん 〔n〕

　　這個字的字形，其實就很像是小寫英文字母的「n」了，剛好讀音也唸作【n】，這樣字形與字音的轉碼都搞定啦！

鎖碼

　　接下來，只要把這三者結合起來，就會得到：

　　「『ん』不但長得小寫英文字母n，連發音也一模一樣。」這樣，平假名的五十個音就算大功告成啦！

n ┊ + ┃n┃ → ん
字形　　字音

日文的音變規則

　　為了試驗利用這個方法記憶是否有效，我和豪哥實際互相測試彼此，我們再快速地看過平假名一次，互相考對方。

　　我們得到的結果是，只要我們找到了特定的邏輯，或是聯想的事件，這個平假名的字音就會很自然地深植在自己的腦海中，讓我們覺得非常神奇。

　　豪哥：「說真的，用聯想的方式記憶會比直接死記來得快又有效率，哎呀！之前花很多時間也沒有記起來，老實說現在有點嘔！！」

　　我：「不過至少我們都已經把五十音平假名的部分記在腦海裡就好了啊！！」

　　對了，既然我已經學會了平假名，我想應該可以拿一些簡單日文的字辭來測試成果了吧！

　　那就先來幾個單字試試看吧！嗯……比較常見的單字有什麼呢？啊，生魚片好了。之前只知道它叫作「莎西米」，那我來寫寫看囉──さしみ──看看我的小書，

眞的是這樣寫耶！天啊！我同學補了半年的地球村還只會一些簡單的單字會話，我兩三下就學會平假名，而且連字都會寫了！！酷！再來試試看。嗯，「阿娜答」好了——日文應該寫作……あなた！賓果！那麼……よし！喔！就是這樣！！

那再試試看哇沙米好了……欸？怎麼不是わさみ？它說是「わさび」才對……我怎麼沒有學過「bi」的音……看看書上的說法，這叫做什麼濁音半濁音。不過其實也不難，只是有一些規則，而且都是在字的右上角加兩撇，只有從「h」開頭的音轉成「p」開頭的音才是一個圈圈。

濁音

か行：が【ga】 ぎ【gi】 ぐ【gu】 げ【ge】 ご【go】
さ行：ざ【za】 じ【ji】 ず【zu】 ぜ【ze】 ぞ【zo】
た行：だ【da】 ぢ【ji】 づ【zu】 で【de】 ど【do】
は行：ば【ba】 び【bi】 ぶ【bu】 べ【be】 ぼ【bo】

半濁音

は行：ぱ【pa】　ぴ【pi】　ぷ【pu】　ぺ【pe】　ぽ【po】

我的記憶方式

　　かきくけこ這種發音 k 開頭的加了兩點就唸成「g」，那就是k轉成g嘛。kg 不就是公斤嘛！太簡單了。

　　而 さしすせそ這種發音 s 開頭的加了兩點則就是「z」，嗯……s 跟 z 喔……那可以記「size」啊！

　　たちつてと這一系列的是「t」的音，加了兩點則唸成「d」的音──很像「ㄊ」到「ㄉ」嘛！聽起來就是「他的」！

　　はひふへほ這種發音「h」開頭的加上兩撇就是「b」的音，從 h 到 b 可以記成「HB」鉛筆！另外一種是日語唯一的半濁音，改在字的右上角加上一個圈圈改唸成「p」的音，嗯……h 到 p 就是 hp 印表機嘛！

　　那整體來說怎麼記呢？我想到一個把他們都串起來的方法：有一個人，他的（t→d）體重增加好幾公斤（k → g），size（s → z）也變大了；他很滿意就用HB鉛

筆隨便畫兩筆（h → b是加兩撇）自己的自畫像，再用 hp印表機印出來——喔～我變得好帥喔！（h → p是加上一個圈「o」，聽起來像「喔」。）

拗音

拗音（ようおん）平假名（ひらかな）

	や段	ゆ段	よ段
か行：	きゃ【kya】	きゅ【kyu】	きょ【kyo】
が行：	ぎゃ【gya】	ぎゅ【gyu】	ぎょ【gyo】
さ行：	しゃ【sha】	しゅ【shu】	しょ【sho】
ざ行：	じゃ【ja】	じゅ【ju】	じょ【jo】
た行：	ちゃ【cha】	ちゅ【chu】	ちょ【cho】
だ行：	ぢゃ【ja】	ぢゅ【ju】	ぢょ【jo】
な行：	にゃ【nya】	にゅ【nyu】	にょ【nyo】
は行：	ひゃ【hya】	ひゅ【hyu】	ひょ【hyo】
ば行：	びゃ【bya】	びゅ【byu】	びょ【byo】
ぱ行：	ぴゃ【pya】	ぴゅ【pyu】	ぴょ【pyo】
ま行：	みゃ【mya】	みゅ【myu】	みょ【myo】
ら行：	りゃ【rya】	りゅ【ryu】	りょ【ryo】

　　所謂拗音其實概念也很簡單嘛！比濁音的變化還少！他只是把「や、ゆ、よ」這三個音寫小一點偏在另一個假名的右下側，然後就跟那個假名合在一起唸就是了。

促音

　　促音的發音方式更簡單囉！它只是在假名跟假名之間加入一個小小的「っ」，但是並不發音，而是作為停頓一拍的符號，例如像很常聽到的「等一下」──「まって」──就是念完「ま」的音之後停一拍再唸「て」的音。而這個促音基本上只出現在「か，さ，た，な」這幾行假名。

長音

　　日語發音還真的有點煩耶，又長又短又黏在一起的都有。不過還好長音的發音方式也很容易：

　　它只出現在母音，也就是把那些以「ａｉｕｅｏ」結尾的音後面再加上一個母音（あ、い、う、え、お），

唸的時後就把那個母音拉長一拍就好了。而一個字如果是發長音，那意思就會和原本不加長音的字的意思不同。例如像我們很常聽到的「歐吉桑」（叔叔伯伯或泛指中年男子）おじさん加上長音變成おじいさん就變成「爺爺」的意思了。

隨堂練習

好啦！現在我會五十音平假名，又學了日文的音變規則，那現在總該有很多字我會寫了吧？！其實平常就或多或少聽過很多日語辭彙，只是不認得五十音就不會寫也不會唸。現在我既然已經學了這麼多，嘿嘿，應該瞬間會很多字了吧！來試試看！

我把聽過的單字配合羅馬拼音寫下來就是這樣：

1. ありがとう　　【arigato】　　　　謝謝
2. あなた　　　　【anata】　　　　　親愛的／你（妳）
3. いちばん　　　【ichiban】　　　　一級棒／第一

4. うまい	【umai】	好吃的（男生的講法）
5. おいしい	【oishii】	好吃的（通用語）
6. おばさん	【obasan】	歐巴桑（中年女子）
7. かわいい	【kawaii】	卡哇依（可愛的）
8. かんぱい	【kanpai】	乾杯
9. きもち	【kimochi】	心情
10. こんにちわ	【konnichiwa】	早安／你好
11. さよなら	【sayonara】	再見
12. さしみ	【sashimi】	生魚片
13. しゃぶしゃぶ	【shabushabu】	日式涮涮鍋
14. すごい	【sugoi】	厲害／了不起／很強
15. すみません	【sumimasen】	對不起／麻煩了
16. ほんとうに	【hontouni】	眞的嗎／你確定嗎
17. りょうり	【ryori】	料理／烹調
18. たたみ	【tatami】	榻榻米（草蓆）
19. はい	【hai】	是／有
20. はやく	【hayaku】	快點
21. さけ	【sake】	日本清酒／酒

　　利用轉碼的方式學會五十音、發現我會一些單字之後，我忽然覺得，也許我眞的可以完全靠這套方法來自修日文耶。大部分的日語都是用平假名寫的，既然平假名可以轉碼，那平假名所組成的字理當也可以這樣用才對啊！

表示定點

　　嗯……例如說表示定點位置的東西我們會用「這裡」「那裡」這種詞，我翻翻這個小書覺得蠻有趣的，因為在日文裡面，如果有三樣東西，要表達離自己最近的、離談話對象比較近的和最遠的東西，他們所用的詞都不一樣。可是其實很好記：

1. ここ　　　這裡／這個地方（離自己最近的）
2. そこ　　　那裡／那個地方（離談話對象比較近的）
3. あそこ　　那裡／那個地方（最遠的）

　　這三個要怎麼記好呢？我是這樣想的：「こ」聽起

來像「口」；「そ」聽起來像「手」；「あそ」我會想到「阿瘦皮鞋」，那就可以聯想到「腳」囉！那麼這正是按照自己身體由上到下的部位，要以此來記由近而遠的距離也就不會困難了。

　　至於問別人「哪裡」、「哪個地方」，日文則是「どこ？」這也很容易嘛！「ど」聽起來正像台語「哪一個」或是「哪裡」的「哪」。

指示代詞

　　剛剛學到的定點「ここ」「そこ」「あそこ」其實只要改一下就可以用作為指示代詞了，記憶的方式跟剛剛也一樣：

1. これ　我的／近稱
2. それ　你的／中稱
3. あれ　你我之間的／遠稱
4. どれ　哪（不定稱，疑問詞）

連體詞 （使用時後方須加名詞）

1. この…… 這個……（近己方）
2. その…… 那個……（近對方）
3. あの…… 那個……（近遠方）
4. どの…… 哪個……（表示疑問）

ex. このひと 這個人

星期幾的說法

1. 星期一 月曜日（げつようび）【getsuyoubi】
2. 星期二 火曜日（かようび）　【kayoubi】
3. 星期三 水曜日（すいようび）【suiyoubi】
4. 星期四 木曜日（もくようび）【mokuyoubi】
5. 星期五 金曜日（きんようび）【kinyoubi】
6. 星期六 土曜日（どようび）　【doyoubi】
7. 星期日 日曜日（にちようび）【nichiyoubi】

其實星期幾的後半部都是「ようび」，聽起來本來就有點像中文的「曜日」了；而前半部我是這樣記的：

1. げつ聽起來像「家族」，可以記成：一個「月」有「一」次家族大會→星期一！

2. か聽起來像是「卡」，我是這樣想的：「兩」（二）輛「卡」車相撞，司機很「火」大→星期二！

3. 聽起來就像台語的「水」嘛！聽起來也像英文的「three」→禮拜三！

4. 聽起來像台語的「木」，も也可以連想到英文的「four」→禮拜四！

5. きん聽起來像「king」，可以想成國王的「金」色冠冕，而且禮拜五啦可以「輕」鬆（台語）啦～→禮拜五！

6. ど聽起來像「豆」，那就這樣想吧：一顆豆子落（台語音近「六」）在「土」裡。→禮拜六！

7. にち聽起來本身就像是台語的「日子」，那就名正言順是禮拜日囉。

我的心得：這個所謂的轉碼看來應用的範圍真的很廣嘛，不單字母可以這樣記，連字詞也可以這樣記！

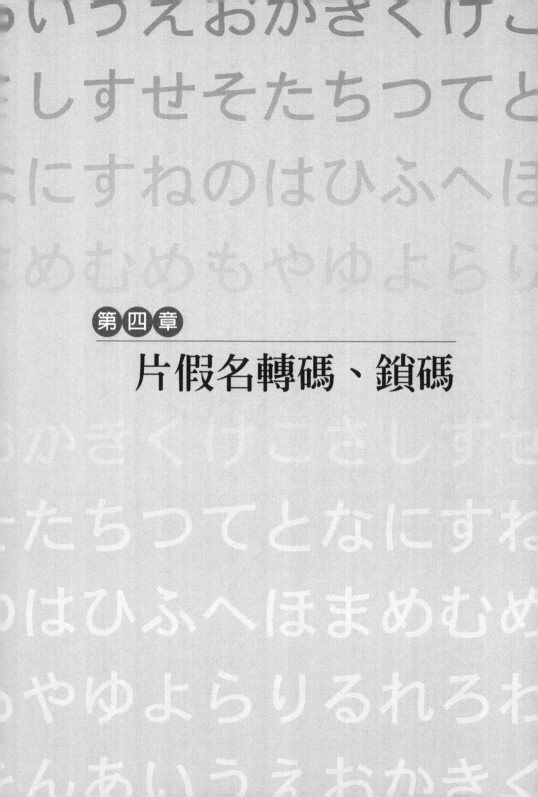

第四章

片假名轉碼、鎖碼

ア 〔a〕

轉碼

觀察字形，會覺得有點像注音符號裡的「ㄕ」，或是再轉碼變成「是」；發音的部分，和平假名一樣轉碼成「啊」。

鎖碼

結合字形與字音後，不就變成：

「是」「啊」！想不到吧！這次只花了兩個字就把片假名的第一個音「ア」給記住了！

是（ㄕ） ＋ 啊 → ア

　字形　　　　字音

イ 〔i〕

轉碼

　　觀察這個字形，直接就是一個「人字旁」的部首嘛，自然轉碼成「人」囉；而字音的部分，則唸作〔i〕的音，不妨轉碼成「一」或「依」等同音字。

鎖碼

　　結合字形與字音後，就會得到：

　　「一個人」，或「小鳥依人」這樣的詞！簡簡單單就把「イ」給記住了！

　　　一　＋　人　→　イ
　　　字音　　字形

ウ 〔u〕

轉碼

　　這個字的發音【u】，感覺上很像是一個人「嗚嗚嗚」地哭泣的聲音；所以在觀察字形的時候，很自然就會覺得上面那一點像是「哭泣時的眼淚」，而底下則是「張嘴」的樣子囉。

鎖碼

　　在結合字形與字音後，自然會得到：

　　「小英一個人張開嘴嗚嗚地哭著，臉上還掛著一滴眼淚。」唸完這樣一個句子，你是不是也把「ウ」的音記住了呢？！

張嘴哭泣	+	一滴眼淚	+	嗚嗚	→	ウ
字形		字形		字音		

エ 【e】

轉碼

　　這個字形很明顯就是工人的「工」，而字音唸作【e】，不妨延續平假名的字音轉碼，聯想成A錢的「A」。

鎖碼

　　至於在結合字形與字音後，要造出：

　　「工人A錢」或是「工人的錢都被老闆A走了」，就看每個人對社會的觀察與體會囉。不過無論用的是哪個句子，最後別忘了再和「エ」作一下連結喔。

工 ＋ A → エ
字形　　字音

オ 〔o〕

轉碼

　　從字形上來看，會直接聯想到才能的「才」；字音的部分唸作【o】，則同樣轉碼成「喔」。

鎖碼

　　結合字形與字音後，就會得到：

　　「你才知道喔！」這樣的句子是不是很無厘頭呢？為了加強和五十音的聯想，記得要再把上述的句子和「オ」鎖在一起喔。

才 ＋ 喔 → オ
字形　　字音

カ〔ka〕

轉碼

　　這個字就像是力量的「力」，而且仔細回想一下，平假名裡同樣念【ka】的「カ」，字形的相似度可以說非常高！為了複習原有的已知，我們只要利用平假名的轉碼，用已知來導未知即可。

鎖碼

　　借用平假名「か」的鎖碼方式，亦即：「一股力量被卡住了！」之後只要再把記得「片假名的『カ』少了一片」，也就是沒有後面那一點，就大功告成啦！

か	＋	少一片	→	カ
已知		字形		

キ 〔ki〕

運氣眞是好，又是個平假名長得很像片假名的情況，只是把平假名的き下面部份切掉，就成爲片假名啦！！

轉碼＆鎖碼

陳光老師的已知導未知，在這裡果然發生很大的效果。但是如果平假名學不好的同學，這就不是屬於你的已知了，所以要記住：已知越多，記憶越強。

平假名き	＋	少一片	→	片假名キ
已知		字形		

ク 〔ku〕

轉碼

　　這個字的字形很像阿拉伯數字的「7」，而字音的部分讀作〔ku〕，當然就直接轉碼成「哭」囉！

鎖碼

　　結合字形與字音後，會發現：

　　「哭7、哭7」，不就很像「哭泣」嗎?!之後只要記得加強一下和「ク」的連結，就算是鎖碼成功啦！

$$\boxed{哭} + \begin{bmatrix} 7 \end{bmatrix} \rightarrow \quad ク$$

　　字音　　　字形

ケ 【ke】

轉碼

從字形上來看，很像是中文裡「個」的簡寫；而字音的部分唸作【ke】，也可以轉碼作英文字母的K。

鎖碼

結合字形與字音，可以造出這樣的句子：

「沒有女（男）朋友的人，就一個人乖乖K書吧！」下次再看到「ケ」時，或許會覺得字形看起來還真的有那麼一點落寞呢。

$$ \boxed{ケ} + \boxed{K} \rightarrow ケ $$

字形　　字音

コ 【ko】

轉碼

　　這個字的字形，和平假名中也唸【ko】的「こ」其實蠻像的，只是一個往左邊開口，一個往右邊開口罷了；而字音則可直接轉碼成開口的「口」。

鎖碼

　　所以鎖碼時，不妨直接這樣記：

　　「片假名的『コ』是往左邊開口！」這樣一來，就可以一併記得，平假名的「こ」是往右邊開口囉。

平假名こ 　→ 　往右邊開口

片假名コ 　→ 　往左邊開口

サ 〔sa〕

轉碼

　　這個字猛一看，是不是很像雙十節的符號呢？那麼我們就不妨把它轉碼成「雙十節」吧！字音的部分唸作【sa】，則可轉碼成「殺」或「煞」這樣的字。

鎖碼

　　結合字形與字音的轉碼後，我們或許可以得出：

　　「傳言說，有人會在雙十節發動暗殺行動。」這個句子聽起來有點可怕，所以當然可以發展自己的邏輯，用自己的轉碼和鎖碼方式來記住「サ」這個字啦。

$$\boxed{雙十節} + \boxed{殺} \rightarrow サ$$

字形　　字音

【si】

轉碼

　　這個字看起來有點像「三點水」的部首偏旁，所以當然就轉成「水」囉；而字音的部分唸作【si】，可以轉成「西」或「吸」、「溪」等同音字。

鎖碼

　　結合字形與字音的轉碼，可以簡單組成：

　　「溪水」或「吸水」這樣的詞，之後只要記得將「シ」的字形再鎖一次，以後就不容易忘記啦。

$$吸 \; + \; 水 \; \rightarrow \; シ$$

字音　　　字形

ス〔su〕

轉碼

　　觀察字形，會覺得這個字有點像是「人」的頭上多了一槓，或是照之前的方式，轉碼成「人的頭上砍一刀」；字音的部分唸作【su】，是不是很像輸贏的「輸」呢？

鎖碼

　　結合上述字形與字音，就會得出：

　　「這個人因為輸錢，頭上被砍了一刀」這樣的句子，下次看到「ス」這個字時，也忍不住會覺得這個人走路似乎有點蹣跚吧！

$$輸 + \boxed{人的頭上砍一刀} \rightarrow ス$$

字音　　　　　　　字形

セ 【se】

轉碼 1

　　觀察字形，會覺得這個字有點像數字「七」，而字音唸作【se】，是不是也很像七的英文字「seven」的前半部呢？

鎖碼 1

　　結合字形與字音後，就會得到：

　　「『セ』長得很像七，連發音也跟seven相似。」這樣就一起把「セ」的字形、字音都記住了。

$$七 + \boxed{seven} \rightarrow セ$$

字形　　　字音

轉碼 2

這個字其實長得跟平假名中也唸【se】的「せ」很像，只要記住它少了一劃，就可以直接連結啦！

鎖碼 2

在結合上述元素後可以得到：

「平假名的『せ』少了一劃，就成了片假名啦」，這樣一來就把「セ」給記住啦！

$$\boxed{平假名せ} \quad + \quad \overbrace{\dashbox{少一劃}} \quad \rightarrow \quad 片假名セ$$

已知　　　　　字形

ソ 【so】

轉碼

　　這個字也是從平假名「そ」的字形簡略而來的，所以說，片假名也可以說是取平假名的「片段」而來的哩！只要把前面的平假名學好，片假名就一點都不難囉。

鎖碼

　　綜合已知與未知的元素，可以得到：

　　「取平假名『そ』的上半片，就等於片假名『ソ』啦！」之後只要再加強一下讀音【so】就行了。

$$\boxed{平假名そ} \quad + \quad \boxed{取上半片} \quad \to \quad 片假名ソ$$

　　　　已知　　　　　　字形

タ 〔ta〕

轉碼

　　觀察字形，會覺得這個字很像是夕陽的「夕」；而字音唸作【ta】，可以轉碼成第三人稱的「他」，或是塌陷的「塌」。

鎖碼

　　結合字形與字音，就可以得到：

　　「天塌下來了，夕陽也塌下來了！」之後，記得再複習一次「タ」這個字，就更不容易忘記了。

夕　　＋　　塌　　→　　タ

字形　　　字音

チ 〔chi〕

轉碼

還記得這個字的平假名「ち」，我們把字形和字音轉成「5隻雞」嗎？記得要善用這個「已知」，再把片假名的字形加進來。而片假名的字形部分，則是很像千萬的「千」。

鎖碼

結合上述元素後，你可能會得到：

「5隻雞要一千元」的句子，看來這隻雞比較貴，不妨仔細分辨一下「チ」和「ち」的不同，並且把這兩個字一次牢牢記住。

$$\boxed{雞} + \boxed{千} \rightarrow チ$$

字音　　　字形

ツ 〔tsu〕

轉碼

還記得平假名中，我們將這個字轉成「張嘴ㄅㄨ飯（吃飯）」的樣子嗎？而片假名的字形，更加上了兩隻眼睛，感覺笑意更重了。

鎖碼

所以，我們可以得到：

「張嘴ㄅㄨ飯是『つ』，吃完後連眼睛都在笑的是『ツ』。」這樣是不是一次複習了兩個字呢？相信以後遇到吃飯的場合，都會忍不住想起這兩個字吧。

張嘴ㄅㄨ飯的つ	+	眼睛在笑	→	ツ
已知		字形		

テ 【te】

轉碼

　　這個字的字形，是不是很像「元」字少了一個筆劃呢？字音的部分唸作【te】，我們可以延續平假名中的轉碼，把它記成「拿」的台語發音。

鎖碼

　　結合字形與字音後，就會得到：

　　「『拿』（台語）走一元就變成『テ』啦！」這樣就輕輕鬆鬆把這個字搞定啦！

拿（台語）　＋　少一元　→　テ
字音　　　　　　字形

ト 【to】

轉碼

這個字一看就像中文裡的「卜」，字音的部分讀作【to】，不妨轉成「偷」或是「頭」等發音的字。

鎖碼

結合字形與字音後，就會得到：

「古代占卜都用頭骨來卜卦耶！」雖然想起來有點可怕，但相信以後看到「ト」這個字就再也不會忘記它的發音啦！

$$\boxed{頭} + \boxed{ト} \rightarrow \quad ト$$

字音　　　字形

ナ　〔na〕

轉碼

這個字的字形，就像是大小的「大」字，少了一個筆畫；而字音的部分唸作【na】，可以轉碼成「那」、「納」，或是和前面的字形呼應，轉碼成「捺」。

鎖碼

結合字形與字音後，得到：

「大字少了一捺，就變成『ナ』啦！」這種巧合看起來很神奇，但只要發揮自己的聯想力，相信每個人都可以想出很多種組合。

大字少一（字形）　＋　捺（字音）　→　ナ

二 〔ni〕

轉碼

　　這個字的字形很明顯是個「二」，字音的部分唸作【ni】，自然可以轉碼成「你」或「泥」等發音的字囉。

鎖碼

　　結合字形與字音的轉碼後，會得到：

　　「你是第二人稱」這樣的句子，簡簡單單就把「二」給記下來了！而且越是簡單，越符合常情的句子，就越不容易忘掉喔！

你 ＋ 二 → 二

字音　　字形

ヌ 〔nu〕

轉碼＆鎖碼

　　這個字看起來就是平假名ぬ的右半部，所以可以直接連結起來。

　　陳光老師的已知導未知，在這裡又發生很大的效果。當然，平假名還學不好的同學，趕快回到前一章複習一下喔。

| 平假名ぬ | ＋ | 省略ぬ | → | 片假名ヌ |

　　已知　　　　字形

ネ 【ne】

轉碼

　　觀察這個字的字形，會覺得很像「示」的部首偏旁，而字音的部分唸作【ne】，同樣可以轉碼成「捏」。

鎖碼

　　結合字形與字音，會得到：

　　「他捏了一下我的手，表示親近的意思。」之後記得再把「ネ」複習一次，就再也不會忘掉啦！

捏 ＋ 示 → ネ

字音　　字形

ノ 〔no〕

轉碼＆鎖碼

　　這個字也只是把平假名的"の"去掉外面的圈圈
嘛！所以可以直接連結。

　　又是一次已知導未知的範例喔！

$$\boxed{の} + \boxed{省略\cap（圈圈）} \rightarrow \quad ノ$$

　　已知　　　　　字形

ハ 〔ha〕

轉碼

從字形上來看，就像是數字「八」；字音的部分唸作【ha】，則可轉碼成哈哈大笑的「哈」。

鎖碼

結合字形與字音的部分，就會得到：

「哈八（巴）狗」！簡單三個字，就把「ハ」的字形與字音鎖起來了，是不是非常神奇呢？

哈 ＋ 八 → ハ

字音　　字形

ヒ 〔hi〕

轉碼＆鎖碼 1

　　觀察字形，這個字像是匕首的匕；字音的部份，它唸【hi】。

　　連在一起，就是He拿著一只『匕』首！不就是SHE裡的Hebe嗎？

$$\boxed{He} + \boxed{“匕”首} \rightarrow \quad ヒ$$

字音　　　　　　字形

轉碼＆鎖碼 2

　　ヒ一樣按照字形可以轉碼匕首的匕；至於字音，當然是同平假名ひ的發音，所以可以連結為：「微笑（ひ）的人拿著一隻匕首」，呵呵！這真是笑裡藏刀啊！

$$\boxed{ひ} + \boxed{“匕”首} \rightarrow \quad ヒ$$

字音　　　　　　字形

フ〔hu〕

轉碼

這個字的字形是不是也很像「張嘴」的樣子呢？但記得要跟轉碼成「張嘴ㄔㄨ飯」的「つ」作區隔，所以可利用字音【hu】，轉碼成別的動作，如呼吸的「呼」。

鎖碼

結合字形與字音後，就會得到：

「張嘴ㄔㄨ飯是『つ』，張嘴呼吸則是『フ』。」透過這樣反覆不斷的練習與聯想，相信一定可以將這些原本像鬼畫符的符號，全部變成自己熟悉的東西喔。

張嘴 ＋ ㄔㄨ（吃） → つ
字形　　　字音

張嘴 ＋ 呼 → フ
字形　　字音

ヘ 〔he〕

轉碼

　　由於這個字的字形和字音，幾乎和平假名一模一樣，我們只需要複習一次平假名的字形「溜滑梯」、字音「黑」等轉碼即可。

鎖碼

　　平假名「へ」的鎖碼方式是「黑色溜滑梯」，而片假名「ヘ」同樣是「黑色溜滑梯」，只是曲線更滑順而已。

黑　＋　溜滑梯　→　ヘ

字音　　　字形

ホ 〔ho〕

轉碼

這個字會讓人直接聯想到樹木的「木」，字音的部分唸作【ho】，不妨就轉碼成喜歡在樹上爬的「猴」子吧！

鎖碼

在結合字形與字音後，會得到：

「猴子爬到樹木上」的句子，之後只要再把「ホ」的字形加強一次，就大功告成啦！

猴 ＋ 木 → ホ
字音　　字形

マ [ma]

轉碼

　　這個字的字形，會讓人聯想到「令」的下半部，所以不妨轉碼成「令」；字音的部分，則同平假名轉碼成「媽」。

鎖碼

　　結合字形與字音後，就會得到：

　　「媽媽的命令要聽啊」這樣的句子。而原因在平假名「ま」裡已經提過啦，當然是因為「媽媽的教育方式，會決定一個孩子的未來」啊！這樣是不是就把這一組的字形字音都鎖在一起了呢！

媽 ＋ 令 → マ

字音　　字形

ミ 【mi】

轉碼

看到這個字會讓人聯想到一二三的「三」，而字音唸作【mi】，無論是轉碼成「咪」、「迷」或「米」都行喔。

鎖碼

依據剛剛不同的字音轉碼，就可以得出以下幾種組合：

「三隻貓咪」、「她的三圍很迷人」或是「三粒米」等句子，之後記得再把「ミ」再加強一遍，就可以將這個字牢牢記住了。

三　＋　咪 or 迷　→　ミ

字形　　　字音

ム 【mu】

轉碼

　　觀察字形，會發現這個字跟注音符號的「ㄙ」簡直一模一樣；而字音的部分唸作【mu】，如果延續平假名中的轉碼，不就是慕絲（ㄙ）的「慕」嗎？

鎖碼

　　結合字形與字音，會發現：

　　用「慕絲（ㄙ）」這兩個字，就可以把「ム」這個字的字形、字音鎖起來了。如果充分運用「已知」，你將會發現自己的記憶速度將會快上好幾倍。

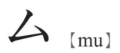

慕　　　　　ム　　　　ム
字音　　　字形

メ 〔me〕

轉碼

這個字的字形很像是一個叉叉（×），而字音的部分唸作【me】，則可轉成美麗的「美」或沒有的「沒」等字。

鎖碼

結合字形與字音後，你可以組合成：

「沒差（×）」，想不到一個簡單的口頭禪，也可以幫助你記憶「メ」這個音吧！

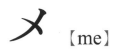

| 沒 | + | 差（×） | → | メ |
| 字音 | | 字形 | | |

モ 〔mo〕

轉碼

　　這個字跟平假名相似度也很高，字形同樣都很像中文的「毛」，字音的部分同樣可以轉成「毛」的台語發音，所以我們就直接用平假名當作「已知」，並利用已知導未知。

鎖碼

　　所以，在利用已知導未知時，可以這樣聯想：

　　「片假名『モ』似乎比平假名的『も』少一片耶」。如此一來，是不是就把片假名和平假名一起記住了呢！

$$\boxed{\text{平假名も}} \quad + \quad \vdots\text{少一片}\vdots \quad \rightarrow \quad \text{片假名モ}$$

　　　已知　　　　　字形

ヤ 【ya】

轉碼

　　這個字跟平假名也超像，還記得平假名中是以「也」的字形與台語發音【ya】來作轉碼的嗎？只要再將平假名複習一次，並利用這個已知來導未知，就可以很快記住這個字了。

鎖碼

　　所以，在利用已知導未知時，可套用上一個音的方式：

　　「片假名『ヤ』似乎比平假名的『や』少一片耶」。你是否發現，片假名與平假名其實有很多共通處，只要熟記住其中一個，另一個也將不費吹灰之力就能記住。

$$\boxed{\text{平假名 や}} \quad + \quad \boxed{\text{少一片}} \quad \rightarrow \quad \text{片假名 ヤ}$$

已知　　　　　　字形

ユ 【yu】

轉碼＆鎖碼

這個字的字形，有點像工人的工，字音則當然等同平假名的「ゆ」。還記得可以轉成中國的「中」嗎？這時候我們利用已知導未知，就可將字音和字形連結，如「『工』人都來自『中』國」，這時只要提醒自己「中」要解碼成「ゆ」，大概就不會有人唸錯了吧！

ゆ ＋ 工 → ユ

已知　　字形

ヨ 【yo】

轉碼

這個字的字形有點像阿拉伯數字「3」，字音唸作【yo】，則可以轉碼成優秀的「優」，或汽油的「油」等字。

鎖碼

結合字形與字音後，就會得到：

「你有三個優點」或「三桶汽油」等。而後要記得加強一次「ヨ」的寫法，這個字就會一直刻在你的腦海裡啦。

$$三 \;+\; 優\text{ or }油 \;\rightarrow\; ヨ$$

字形　　　　字音

ラ 【ra】

轉碼

　　這個字跟前面的「フ」有點像，只是上面多加了一個「一」，還記得「フ」的讀音唸作【hu】，並轉碼成呼吸的「呼」，而「ラ」的字音則唸作【ra】，自然就轉碼成「拉」囉。

鎖碼

　　結合字形與字音後，就會得到：

　　「『フ』比『ラ』少了一個呼拉圈。」並記得加強，前面的唸作【hu】，後面的唸作【ra】，這樣就不容易忘記了。

フ	＋	呼	＋	多一片	→	ラ	＋	拉
已知		字音		字形				字音

リ 〔ri〕

轉碼＆鎖碼

　　這個跟平假名「り」幾乎長得一模一樣嘛，只是平假名寫得比較草，會寫錯的同學該打屁股囉！。

平假名り	→	片假名リ
已知	工整化	

ル【ru】

轉碼

　　這個字的字形讓人聯想到兒童的「兒」，字音的部分唸作【ru】，則可以轉碼成「魯」、「努」或「盧」等發音接近的字。

鎖碼

　　結合字形與字音後，會得到：

　　「兒子盧著爸爸帶他去玩」，或是「兒子很努力地用功唸書」等句子，之後記得要再把「ル」的字形再練習一次。

兒 ＋ 盧 or 努 → ル

字形　　　字音

レ　〔re〕

轉碼

　　這個字的字形跟平假名的「し」很像，還記得它的發音是【shi】，而「レ」的字音讀作【re】，唸起來比較像是「壘」或是「禮」的台語發音。

鎖碼

　　因此，在利用已知導未知後，可以得到：

　　「『し』＋『レ』等於失禮。」這樣是不是一次就把兩個字記住了呢？之後記得再把兩個字的字形練習一次，加強在腦子裡的印象。

平假名し　→　失

片假名レ　→　禮

ロ 〔ro〕

轉碼

這個字的字形很像是一個「口」，而字音的部分唸作【ro】，我們可借用之前片假名「ろ」的轉碼「肉」。

鎖碼

結合字形與字音後，可得到：

「他把整塊牛肉一口吞進肚子裡。」這樣是不是就把「ロ」的字形與字音都鎖住了呢！

肉　＋　口　→　ロ

字音　　字形

ワ 【wa】

轉碼

　　這個字的字形，是不是也很像一個人張嘴的樣子呢，只是上排似乎多了一顆牙齒；而字音的部分唸作【wa】，則可轉碼成「娃」或「哇」。

鎖碼

　　結合字形與字音後，可以得出：

　　「嘴巴剛長牙的娃娃」這樣的聯想，之後只要將「ワ」的寫法再複習一次，就可以把這個字的字形與字音牢牢鎖住啦！

嘴巴長牙 ＋ 娃 → ワ

字形　　　字音

ヲ 【o】

轉碼

　　剛剛那張嘴巴又出現啦，只是這次少了牙齒，卻多了舌頭；字音的部分唸作【o】，可以轉碼成「喔」或英文字母「O」。

鎖碼

　　結合字形與字音後，可以得到：

　　「他把嘴巴張成O字型，並吐出舌頭，讓醫生可以看到他的扁桃腺。」並記得把「ヲ」的寫法再練習一次，下次再看到它時一定印象深刻。

張嘴 ＋ 舌頭 ＋ O → ヲ

字形　　字形　　字音

ン 〔n〕

轉碼

　　這個字的字形很像冰的部首「冫」，所以不妨轉碼成「冰」；字音的部分唸作【n】，則可轉碼成「嗯」。

鎖碼

　　結合字形與字音後，會得到：

　　「嗯，這道冰品真好吃！」下次看到「ン」這個字時，應該也會想起那種冰冰涼涼的感覺吧！

嗯	+	冰	→	ン
字音		字形		

隨堂練習

　　大功告成！看起來片假名在聯想轉碼上多花了一些時間。

　　不過，既然連片假名也很快地解決了，那麼現在應該沒有什麼字是我不會寫的了吧！！因為片假名都用在外來語、狀聲詞或是特別強調的時候，相對的出現機會比較少。記得每次聽到日本人講英文發音都怪怪的，我看跟他們的片假名唸法應該有很大的關係吧！發音的話，濁音、拗音、促音的原理都和平假名一樣，只有在長音的部份片假名是加一個「一」的符號在兩個假名中間。

　　掌握了這些規則，就應該可以寫片假名囉！那就先從一些我已經知道的詞開始吧！

片假名的單字

1. サイス	【saizu】	尺寸／大小
2. ケーキ	【keki】	蛋糕
3. コーヒー	【kohi】	咖啡
4. コーチ	【kochi】	教練
5. サンキュー	【sankyu】	謝謝
6. シャンプー	【shanpu】	洗髮精
7. スタート	【sutato】	出發／開始
8. スペース	【supesu】	空間／場所
9. セット	【setto】	調整／一組
10. ソーダ	【soda】	小蘇打
11. タクシー	【takushi】	計程車
12. チョコレート	【chokoreto】	巧克力
13. トイレ	【toire】	洗手間
14. トラック	【torakku】	卡車／拖拉庫
15. ニュース	【nyusu】	新聞
16. ノイズ	【noizu】	噪音
17. ノート	【noto】	筆記本／筆記型電腦

18. ハム	【hamu】	火腿
19. メッセージ	【messeji】	訊息／留言
20. メール	【meru】	mail／電子郵件
21. ルール	【ruru】	規則
22. ミス	【misu】	Miss（小姐）／ miss（錯誤）
23. ムービ	【mubi】	movie／電影
24. モーター	【mota】	馬達
25. ライター	【raita】	打火機
26. ラブ	【rabu】	愛／愛人
27. リスト	【risuto】	list／清單
28. コナン	【konan】	柯南
29. ビカチュウ	【pikachiu】	皮卡丘
30. アンコール	【ankoru】	安可

呼！練習完這些單字，除了有點擔心自己英文會不會變更差之外，我倒是蠻開心的──基本單字我大致上都寫得出來了！現在平假名、片假名我都會了，明天可以看一點句子了吧！

第五章

日本文化與日常會話

從日劇看日本文化

　　首先，要跟大家推薦一部日劇「ドラゴン櫻」，這部戲是由同名漫畫「ドラゴン櫻」（三田紀房著）所改編而成，名字乍看之下完全不懂是怎麼樣的一部作品，但是譯成中文之後相信大家都一目了然了。沒錯！就是「東大特訓班」！！

　　這是一部描寫一個律師如何在一年之中把平均偏差值只有三十幾的學校的學生送入日本第一學府「東京大學」的故事；日本的大學入學考試跟台灣很不相同，台灣有所謂的「學測」及「指定科目考試」，而日本則只有統一的「中心測驗」（相當於台灣的學測），在通過學測之後各考生再針對自己想念的學校及科系分別去報考。

　　所以，要準備的科目也依不同科系有不同的要求，跟台灣比起來可以說是相當辛苦！可想而知，日本的補習教育和台灣比起來，絕對是有過之而無不及。

　　「ドラゴン櫻」就是在這種環境下衍生出來的產物，將苦悶的應試準備以既有趣又有效率的方式呈現出來，

標榜「就算是笨蛋，也可以上東大」，這種說法的確是讓日本學生們受到極大的震撼，而同年報考東大的人數也暴增50%（可見這部作品的厲害）。

漫畫版的將整個準備東大理科一類的過程深入淺出的逐一分析，每一科都有獨到的備考密技；而日劇版的由阿部寬主演，搭配一群青春偶像如山下智久、長野雅美，呈現出熱血又感動人心東大特訓班血淚史，雖然沒有漫畫版的鉅細靡遺，但也可說是辛苦的考生們在準備考試時的一帖良藥。

日劇的經典名句

⇨受験というのは　自分を殺すことじゃない　自分を生かすことなんだ

考大學這種事其實並不是扼殺自我，而是使自我甦生啊！

⇨本当の自由とは　自分のルール出生きるってことなんだよ！

所謂眞正的自由，就是遵循自己訂的遊戲規則而活！

　　另外也還有另一部值得推薦的好日劇！這部日劇叫作「女王の教室」（中譯「女王的教室」）。相對於「ドラゴン櫻」，這部戲是以小學生的教育為出發點，描寫一個魔鬼女教師任教於六年級班一年的故事。

　　這部戲當初在播出的時候還引起日本家長們的反彈，因為劇中的女王阿久津真矢對待小學生的方式根本就跟軍隊中沒兩樣，加上利用學生的弱點將他們分化、離間以達到他高壓統治的目的，和小學教育中被要求要重視興趣及全人教育完全背道而馳。

　　與主角和美的對抗，讓人感受到小孩子對抗冷血大人的悲哀，但故事發展到最後卻發現女王其實是照顧班上每一個人的，對每個人都細心的觀察，利用偏激的手段只不過是激發學生們獨立思考、不依賴、勇於面對的

精神而已。這部戲使用的大膽手法前所未見，要是在台灣有這樣的小學老師大概會被告到死吧！

　　說實在，會一點日文之後再來看，真的更有感覺呢！不過啊，不同日劇的譴詞用字和發音，其實也有些許不同！畢竟，日本人口都超越一億了，這一億人口有各自的講話腔調與習慣也是不足爲奇。以台灣例子來說明的話，大概等同於我們會說有人講話字正腔圓有標準的北京腔，有人會有點台灣國語，甚至台語有台中腔、台南腔、宜蘭腔之類的。

　　台灣這塊小小的彈丸之地都有南北之爭以及正統中文的不同意見，日本當然也有，只不過人家是東西之爭，因爲日本的都市發展就是以關東平原與關西(近畿)平原爲重要的分野。

　　關東地區最重要的當然是首都東京（TOKYO），這邊的日語幾乎就是外國人學日語的正統，偏偏近年來關西地區重鎮大阪（OSAKA）機場、工業、金融甚至連教育都直逼東京發展，東、西兩大都市展開了微妙的情結之爭，既有互相鬥氣偏偏偶爾還那麼一點惺惺相惜，大阪人說東京人不夠豪爽扭扭捏捏惺惺作態，東京人反

擊大阪人太過粗魯直接，缺少了傳統日本之美，甚至連東京鐵塔當初都被拿來當成嘲笑的目標，大阪人說東京鐵塔只是揚棄傳統的廢鐵，自己深深的以大阪城為傲，東京人則是在大阪城火燒重建以後找到藉口，恥笑大阪人也沒有多大的古蹟保護能耐。

　　這種意氣之爭甚至蔓延到現實生活中，就好像英國學生老是覺得美國人不會講優雅的英文，澳洲學生講話有土味一樣，大阪的學生有時候甚至在老師的帶頭下嘲笑東京學生，當然現實政治上東京知事（知事是漢字「市長」的意思）也常常和大阪知事互相嘲弄。如果我們把那些口水戰的內容翻譯成中文，大家也就不會對台灣政治這麼灰心吧！

　　一般而言，大阪腔強調的是比較簡潔有力的用語，否定句法有時不會使用恭敬的五六個音表達，用一個改良的發音即可，例如「ません」（ます的否定）大阪人可能一個「はん」（はん＝ない）就表達清楚了，其他的如有名的「ほんどですか」（真的嗎）大阪人習慣用「まじ」或者「ほんまに」帶過，因此自助旅行時千萬不要以為到了另一個日本，只是有名的大阪腔在作祟而已！

常用的日語會話

　　現在再來學一點生活用語，等到小芬回來之後我就可以秀給她看囉！哈哈她一定會很崇拜我！整理了一下一些簡單的日語會話如下：

【1】おはようございます　早上好

【2】こんにちは　你好

【3】こんばんは　晚上好

【4】お休みなさい　晚安

早上好
おはようございます，

應該是『お休みなさい』啦！
現在是晚上ㄟ，

【5】ただいま　我回來了。

【6】お帰りなさい　你回來啦！

【7】先に失礼します　我先告辭了。

【8】どうぞ、お先に　你先請。

【9】少々お待ち下さい

　　　ちょっとまってください　請等一下。

【10】行ってまいります　我走了。

【11】いっていらっしゃい　慢走！

【12】ひさしぶりです。お元気ですか　好久不見，你好嗎？

【13】おかげさまで、元気です。　托你的福，我很好。

【14】みなさんによろしくお伝え下さい　幫我向大家問好。

【15】お宅の皆様お変わりありますか。　你們家人都還好嗎？

【16】近頃、お仕事は順調ですか。　最近工作順利吧？

【17】今日はいいお天気ですね。　今天天氣眞好。

【18】お出掛けですか　你要出去啊？

【19】お帰りになりますか　你要走囉？

【20】お待たせしました。本当にすみません。　抱歉讓你久等了？

【21】お疲れ様でした。ご苦労様でした。　辛苦了！

【22】お手数をかけました。申し訳ございません　抱歉給你添麻煩了？

【23】いつもお世話になっております。　總是承蒙您的照顧。

【24】どうぞ、ご遠慮なく。　別客氣。

【25】最近、天気がよく変わりますから、どうぞお体に気をつけてください。　最近天氣多變，注意身體喔。

【26】どうぞ、お体を大切に　請保重身體。

【27】どうも、ありがとうございます。　多謝了。

【28】ご好意をありがとうございます。
謝謝你的好意。

【29】では、また後で　待會兒見啦！

【30】さようなら　再見。

【31】すみません、ちょっお伺いしますか……　對不起請問一下？

【32】駅へ行くにはどう行ったらいいでしょうか　去車
站要怎麼走？

【33】今週の土曜日どこかで御会いましょうか　這個星
期六，我們約個地方碰面吧！

【34】なんだかお中がすきましたね。どこかで食事をし
ましょうか。　我覺得有點餓了，找地方吃飯吧！

【35】私は日本語がまだまだ下手ですから、ご指導をお
願します。　我的日語還很差，請多指教。

【36】父は社員で、母は中学校の先生です。　我爸爸是
公司職員，媽媽是中學老師。

【37】顔色がよくありませんね。どうしたのですか。
你的臉色看起來不太好，怎麼了？

【38】ダイエット中なんですが。　我正在減肥。

【39】御口に合いますか。　合你的口味嗎？

情境式會話

1. 自我介紹

はじめまして。
わたくし、台湾の廖ともうします。
タイワンだいがくのがくせいです。
どうぞよろしく。

幸會！
我是從台灣來的，我姓廖。
我是台灣大學的學生。
請多關照。

2. 在車站問路

（ちんさんはえきのホームでえきいんきいています）

ちん 　　：あのう、ちょっとすみませんが。

えきいん：はい、何でしょうか。

ちん 　　：新宿へいきたいんですが、このホームで
　　　　　 いいんでしょうか。

えきいん：いいえ、新宿行くはとなりの5番ホームで
　　　　　 すよ。

ちん 　　：そうですか。どうも。

（陳先生在車站月台詢問站員）

陳 　：對不起！

站員：有什麼事情嗎？

陳 　：我想去新宿，請問是不是在這個月台？

站員：不，往新宿的月台是隔壁第五月台。

陳 　：原來如此，謝謝。

3. 常用的會話

⇨ なん　　什麼。

⇨ そう　　是的。

⇨ ちがいます　　不對，不是。

⇨ そうですか　　我了解了（語氣下降）。

　　　　　　　是嗎？（語氣上揚）。

⇨ あのう　　嗯（表示躊躇）。

⇨ どうぞ　　請，給你。

⇨ どうも　　謝謝。

⇨ どうも　ありがとうございます　　非常謝謝您。

⇨ これから　おせわに　なります　　今後還請您多

　多關照。

⇨ いくらですか？　　請問多少錢？

⇨ すみません　　對不起，請問。

⇨ おてあらいは　どこですか？　　洗手間在哪裡？

⇨ これを　ください　請給我這個。

⇨ おなまえは？　　您貴姓大名？

⇨ おいくつですか？　　請問您今年幾歲？

⇨ あのかたは　どなたですか？　　那個人是誰？

日本年輕人常用流行語

日文	唸法 （羅馬拼音）	中譯
プ	Pu	找不到工作
チョ	Chiyo	超…
バリ	Ba ri	手機的電波
まじ	Ma ji	真的嗎？
むしる	Mu shi ru	無視
きもい	Ki mo i	好噁心、不舒服
はずい	Ha zu i	好可惜
やばい	Ya ba i	完蛋了、糟糕了的
うざい	U za i	煩死了，討厭死了
ハブる	Ha bu ru	排擠
逆ナン	Gya ku nan	女生引誘男生
めっちゃ	Me chiya	有夠…、非常…
チャり通	Chiya ri tsu u	騎腳踏車上學
パニくる	Pa ni ku ru	驚慌、恐慌

日文	唸法 （羅馬拼音）	中譯
ばっくれる	Ba ku re ru	拒絕
スタンばる	Su dan ba ru	準備
ドタキャン	Do ta kyan	突然放棄、中斷

日本小文化一

寒いが？冷たいが？

（さむいが，つめたいが？很冷，還是很冷漠呢？）

　　冷笑話已經縱橫台灣人的日常生活好一陣子了，就連跟一些半熟不熟的人碰面，我們也習慣靠著一兩個寒氣森森的笑話撐場面，大家尖叫一下說個「好冷，Jolin（台語）」也就算了。

　　不過如果常罵別人說冷笑話無聊的台灣人知道，一海之遙的日本人也很喜歡來這套，許多冷笑話中毒者大概就覺得天涯何處不相逢，原來我們都愛冷笑話這樣。

　　基礎日文裡「冷」的形容詞經常被外國人搞混，也是很多初學者經常犯的錯誤，一個是さむい，說的是真正的渾身涼颼颼覺得寒冷，另一個則是強調觸感的つめたい，比方說摸到冰的東西，或者覺得一個人很冷漠。

　　那如果今天聽到一個冷笑話應該要怎麼辦呢？想當然，一定是要講さむい，表達這個冷笑話讓人打從心底覺得惡寒一陣，最好可以加點誇張的女高中生口音，把む和い中間的間隔拉長，變成「さむーい」，如此要成

功表達各位的質疑功力就絕對沒有問題了。

　　只是千萬不要急著出頭，在大家酒酣耳熱的場合冒出來一句「つめたい！」尤其如果是個嬌滴滴的女生想要嘲笑男生講了這句，大概會被爛醉的「痴漢」（ちかん，色狼、變態）當成有人嫌他態度不夠積極，那可就吃大虧啦！！

　　尤其日本人很多「ネタ」（就是台灣人講的笑點）都是用搞不清楚日文用法，或者是諧音來開玩笑，一個不小心就會變成笑點囉！在此也貢獻一個富有日本地理知識的萬年不敗冷笑話給大家聽一下好了。

　　全日本的都道府縣（四種日本主要的行政區）裡面，那一個縣境內山最少呢？內行人大概都會笑笑的說，就是在富士山北麓，東京都西方，名將武田信玄起家的「山梨県」（やまなしけん）囉！此為何解呢？

　　尤其日本第一名山富士山可是就橫跨在山梨縣與「静岡県」（しずかおけん，靜岡縣）之間呢！各位應該看出來了吧？山梨的發音やま（山）與なし（沒有）不就是說這個縣是個「沒有山」的縣了嗎？

　　喔喔，さむーい！

日本小文化二

お祭り（おまつり，祭典）

　　如果現在來個隨堂抽考，問你到底應該是白河蓮花「季」還是「祭」，各位讀者一定覺得我很無聊吧？可是這個中國字就是大有學問，好比在日本大大小小的「祭」，就絕對是是「祭典」的「祭」，因為這些活動雖然到了現代都發展出高度觀光價值，但原點都還真的是一些敬天崇神，蘊含傳統大和精神與信仰的儀式，絕不只是一個大家穿個「浴衣」（ゆかた，夏日和服）看個「花火」（はなび，煙火）情侶牽手散步就算了的活動。

　　日本一年到底有多少個祭典呢？這個問題恐怕連日本人自己都回答不出來，首先是日本神道教祭拜的神祇眾多，派下的各個神社（じんじゃ）當然也各自有舉辦祭典的時間，像是受到佛教文化影響而在每年八月十五前後有「お盆」（おぼん，盂蘭盆會，道教的稱呼為中元節）。

　　此外日本古城也不少，就算要祭拜同一個神祇，每個古城也會各自舉辦具有歷史意義與特色的祭典，各地

總有個三大祭五大祭的互別苗頭，好比舊稱江戶（えど）的東京，就有三個大神社分別舉辦的祭典合稱江戶三大祭，據說參與的總人數年年破千萬，大阪地區也不甘示弱，「天神祭り」（てんじんまつり，天神祭）絕對是大阪男兒與東京人一決勝負的場所！

　　而且，因爲日本境內高山特多，所以在岐阜（ぎふ）高山（たかやま）舉行的「高山祭り」（たかやままつり，高山祭）就是以融合傳統對於山岳的崇敬和歌詠爲特色，目前可是和京都（きょうと）的「祇園祭り」（ぎおんまつり，祇園祭）、崎玉（さいたま）的「秩父祭り」（ちちぶまつり，秩父祭）爲最受公認的日本三大祭之一。

　　還有啦，常看櫻桃小丸子（ちびまるこ）的讀者一定知道，每年三月三日是小丸子最喜歡的日子之一，何解？因爲這是日本傳統的雛祭り（ひなまつり，女兒節）家家戶戶都要把古裝人偶拿出來裝飾，以祈求家中女兒的健康。可見得，大大小小歡樂無比又賺進大把觀光客鈔票的日本祭典們，絕對是什麼都能拜，什麼都不奇怪！

日本小文化三

一期一会

（いちごいちえ，一生僅有一次的相遇或者機會）

　　根據交通部觀光局統計，台灣人出國的首選一向都是日本，姑且不談數據，打開電視廣告或者連上網路，歡迎大家前往日本旅遊的廣告無所不在，春天看櫻花，夏天看煙火，秋天看楓葉，冬天賞雪，彷彿日本天天都有盛大的活動，錯過可惜，錯過就沒有下一次一樣。

　　沒錯！仔細看看櫻花、煙火、楓葉、雪這四樣廣受日本國民喜愛的事物，應該不難發現有一種特性是並存在其中的，「稍縱即逝的美感」、「永遠不會有相同的出現」、「每一次都是唯一」，這些特性固然是刺激國外觀光客造訪日本的重要因素，但其實也是一種根深蒂固的日本文化元素，日本人就稱之為「一期一會」。

　　硬要翻譯的話中文大概只有「千載難逢」，勉強可以算是一個類似的詞兒，英文大概也只有俗語說的「once in a blue moon」差堪比擬，但是這樣慎重又堂而皇之的把這種意境變成一個名詞的，恐怕只有擅長櫻花

哲學或者煙火美學的日本人。

　　日本文化很強調珍惜，珍惜每一次相遇的機會，甚至相信很多機會是命定的，所以要把每一次的相遇每一次的機會以「一期一會」來看待；日本文化也崇尚瞬間即是永恆的意境，每年最長兩個星期的櫻花花期，全日本由南到北默默的進入謳歌與狂歡的賞花期，白天還是正經的上班族，下班就看他領帶一丟扛著草席就要去著名的賞櫻景點喝酒佔位子，也許只有在親眼見識到櫻花紛飛或者凋零的同時，幾乎變態的崇尚死亡的日本人才會有自己還活著的真實感。

　　春有櫻花、秋有楓、冬有雪花，那夏天怎麼辦？日本人也毫不含糊，爲了徹底實踐這種「一期一會」的精神還創造出了人工的美景：花火（はなび，煙火），不像台灣人的煙火習俗是從什麼年獸的故事，或者戰爭時候當信號得來的靈感，日本人創造煙火就是爲了欣賞它的墜落與消逝，那些最美好的時光絕對不是煙火剛躍上天空綻放的時候，而是在消逝的瞬間，自觀賞者心頭油然生起的寂寞與珍惜，以及那句輕嘆：「真美啊！可是也好短暫。」

日本小文化四

略す（ryaku-su，簡稱）

如果日本人謙虛說自己是世界上第二守時的民族，大概沒有人敢自稱是最守時的人，但也許就因為這種強調時間觀念的民族性在作祟，日本人講話也繼承了這種精簡時間的習慣，太長的音節往往要自創一種簡稱縮寫才甘心，最好可以創造出一種全世界沒人聽得懂，卻在全日本形成流行的單字，每年還會有「全日本流行語大賞」來獎勵這種創新的語言用法！

這種因為縮短音節形成的流行語，就好像台灣有網友與學生發明注音文偷懶節省打字時間，有火星文Orz表達圖形概念，日本的年輕人和媒體最喜歡的還是發明三種名詞的簡稱：人民、地名、外來語。

一打開演藝新聞，常看到的キムタク是何許人也？其實這就是日本天王木村拓哉（きむら　たくや）名字的簡稱（不過聽說本人不大喜歡就是了），其他像是可愛美眉深田恭子（ふかだ　きょこ）日本人喜歡叫她フカキョン，早安少女組（モーニンダ娘）講モーニンダ

大家也可以懂；至於太長的地名或者店名也逃不過這種
命運，麥當勞（マクドナルド）日本年輕人叫他「麥克」
（マック），星巴克咖啡（STARBUCKS）是スタバ，「去
星巴克！」甚至只要加個動詞結尾變成スタバる即可，
全國連鎖的「三軒茶屋」在年輕人的圈子裡只要說句
「三茶」到處都嘜通，當然最喜歡用英語命名的日劇也
不例外，九〇年代紅遍全亞洲的長假在日本上映時名稱
就是Long vacation，不過大家嫌麻煩一律統稱「ロン一
バケ」，也不知道該說日本人創意無窮還是單純的嫌麻
煩。

　　這種「全世界只有自己人能懂」的簡稱，雖然受到
不少致力於發揚正統日文之美的守舊人士攻擊，但對於
求新求變愛搞怪的年輕人來講永遠不嫌多，還記得當初
以身穿誇張粉紅色點點圍裙大受歡迎的「愼吾媽媽」也
是因爲把早安（おはよございます）搖身一變成爲簡單
可愛的「オ一ハ」紅遍全日本，看來這股追求「輕、
薄、短、小」的新時代日文風還要吹上好一陣子呢！

日本小文化五

片仮名（カタカナ，片假名）

　　什麼！片假名也有什麼奇怪的學問嗎？畢竟連沒學過五十音的人都知道，「平仮名」（ひらがな，平假名）與「片仮名」（カタカナ，片假名）是日文最基礎的兩種文字寫法，日文初學者都知道「片假名是專門用來標記外來語和狀聲詞的」。

　　確實，有以上觀念的讀者我只能說恭喜你們，你們已經成功的瞭解日「語」的規則，但這其中還有一個大有玄機的日本「文化」的規則，正是在此要稍微介紹的。片假名確實是標示外來語的，比方說日文最早電腦稱呼爲「電腦」（でんのう）只是後來習慣把英文的個人電腦（personal computer）合體變成「パソコン」；撞球本來叫做「玉突き」（たまつき）但是越來越多人喜歡講「ビリヤード」（billiards），那麼，一個人的人名應該要用平假名，還是片假名來標示呢？

　　這個問題就牽涉到日本文化如何看待外國人了。舉例而言，如果天后瑪丹娜要在台灣開演唱會，台灣人大

概會採中英文並行的方式，把MADONNA翻譯成瑪丹娜然後兩種一起用，偏偏日本人呢？可不！

　　首先，日本報紙罕見直接書寫英文的人名在其上，無論是美國總統還是天王天后，一律不寫英文，一定要把人家英文名字改成五十音的發音，改發音就改發音，我們也可以說是日本人把外國人都當成自己人，就好像台灣人也會幫外國人翻譯個中文名字，偏偏日本人又喜歡把這些外國人名的發音用片假名來表示。一相對照之下，用來標示日本人名字發音的是平假名，用來標示外國人名的是片假名，彷彿一定要強調這個傢伙不是日本人一樣。

　　對於本名常用西文表現的歐美人士沒什麼，可就氣煞一票華人學生或者移民，因為包括韓國、中國、台灣、新加坡甚至馬來西亞等等在內，華人的名字基本上都是漢字，日本人又偏偏要在這些留學生的學生證或者移民的護照上大大的用假名來告訴大家這幾個漢字怎麼念，對照日本人本身名字也是漢字，但是注音用平假名來標示的習慣，只能說，選擇什麼時候用片假名也是一種哲學吧！

あ【a】	女 + 頭上砍一刀 + 啊 → あ
	字形　字形　字音
	あ

鎖碼1　　　　　　　　　　鎖碼2

い【i】：以 + 以 → い（字形 字音）　　（）+ 1 → い（字形 字音）

"今"天沒有"人" + 捂 → う
字形　字音

う【u】

元 + A → え
字形　字音

え【e】

"扣""一"分 + 喔 → お
字形　字音

お【o】

か 【ka】	力 + 卡 → か 字形　字音
	か
き 【ki】	鑰匙 + key → き 字形　　字音
	き
く 【ku】	彎著膝蓋 + 哭 → く 字形　　字音
	く
け 【ke】	**鎖碼 1**　　　　　　　　　　　**鎖碼 2** "一"個"十"字架 + K → け　　計 + K → け 字形　　　　字音　　　　字形　字音
	け
こ 【ko】	**鎖碼 1**　　　　　　　　　　　**鎖碼 2** 二 + 叩 → こ　　惡（二）+ 寇 → こ 字形　字音　　　　字形　　　字音
	こ

| さ【sa】 | "一"個"十"字架 + 殺 → さ |
| | 字形　　　　　　字音 |

し【shi】	鎖碼1	鎖碼2
	C + C → し	蟲 + 噓 → し
	字形　字音	字形　字音

| す【su】 | 可 + 素 → す |
| | 字形　字音 |

せ【se】	鎖碼1	鎖碼2
	say + せ → せ	ㄙㄟˊ + せˋ → せ
	字音　字形	字音　　字形

| そ【so】 | C + "前"面"兩"個音 + so → そ |
| | 字形　　　字形　　　　　字音 |

た 【ta】	十字架 + 塌 + 二 → た 字形　　字音　　字形
ち 【chi】	**鎖碼 1**　　　　　　　　　**鎖碼 2** 5 + 雞 → ち　　　5 + 奇 → ち 字形　字音　　　　　字形　字音
つ 【tsu】	**鎖碼 1**　　　　　　　　　**鎖碼 2** 蜷曲的鰻魚 + 粗 → つ　　張嘴 + ㄘㄨ（吃）→ つ 字形　　　字音　　　　字形　　字音
て 【te】	拿（台語）+ "一" 顆維他命 "C" → て 字音　　　　　　字形
と 【to】	**鎖碼 1**　　　　　　　　　　　**鎖碼 2** 偷 + 在 "C" 背後 → と　　"1顆" + 吐 → と 　　　戳 "1" 刀　　　　維他命 "C"　（台語） 字音　　字形　　　　　　字形　　字音

な【na】	一個 "小" 不 "點" + 拿 + 十字架 → な
	字形　　　　　字音　　字形
	な

に【ni】	你 + "1" 個人 + こ（叩）→ に
	字音　　字形　　　　已知
	に

ぬ【nu】	奴 + 奴 → ぬ
	字形　字音
	ぬ

ね【ne】	手 + 捏 + "2" 下 → ね
	字形　字音　　字形
	ね

の【no】	⊘ + NO → の
	字形　字音
	の

は 【ha】	手 字形 + け先生 已知 + 哈 字音 → は は		
ひ 【hi】	ㄏ一、ㄏ一、ㄏ一 字音 + 笑 字形 → ひ ひ		
ふ 【hu】	小 字形 + 呼 字音 → ふ ふ		
へ 【he】	**鎖碼 1** ㄟ 字形 + 黑 字音 → へ　　**鎖碼 2** 黑 字音 + 溜滑梯 字形 → へ へ		
ほ 【ho】	哈哈大笑的は先生 已知 + 敲了一下 字形 + 吼 字音 → ほ ほ		

ま 【ma】	媽 + 未 → ま 字音　　字形	ま
み 【mi】	二一 + 彌 → み 字形　　字音	み
む 【mu】	す先生 + 捲翹的髮尾 + 慕 → む 已知　　　　字形　　　　字音	む
め 【me】	女 + 妹 → め 字形　　字音	め
も 【mo】	毛 + 毛（台語） → も 字形　　字音	も

や 【ya】	也 + 也（台語） → や 字形　　字音 や
ゆ 【yu】	中 + you → ゆ 字形　　字音 ゆ
よ 【yo】	上 + 有 → よ 字形　　字音 よ

ら 【ra】	拉 + 弓 → ら 字音　字形			
	ら			
り 【ri】	遠遠站立的兩個人 + 里 → り 字形　　　　字音			
	り			
る 【ru】	3歲的恐龍抱著一顆蛋 + 滷 → る 字形　　　　字音			
	る			
れ 【re】	手 + 滷 + C → れ 字形　字音　字形			
	れ			
ろ 【ro】	3 + 肉 → ろ 字形　字音			
	ろ			

わ 【wa】	回過頭的C + 手 + 哇 → わ 　字形　　　字形　　字音	
	わ					
を 【o】	5隻雞 + 斜斜的C + 噢 → を 　已知　　　已知　　　字音	
	を					
ん 【n】	n + n → ん 字形　字音	
	ん					

五十音轉碼鎖碼表與練習（片假名）

ア	是（ア）+ 啊 → ア
【a】	字形　　字音

イ	一 + 人 → イ
【i】	字音　字形

ウ	張嘴哭泣 + 一滴眼淚 + 嗚嗚 → ウ
【u】	字形　　　　字形　　　字音

エ	工 + A → エ
【e】	字形　字音

オ	オ + 喔 → オ
【o】	字形　字音

カ 【ka】	か + 少一片 → カ 已知　　字形 カ
キ 【ki】	平假名き + 少一片 → 片假名キ 已知　　　字形 キ
ク 【ku】	哭 + 7 → ク 字音　字形 ク
ケ 【ke】	ケ + K → ケ 字形　字音 ケ
コ 【ko】	平假名こ → 往右邊開口 片假名コ → 往左邊開口 コ

サ【sa】	雙十節 + 殺 → サ 字形　　字音				
	サ				
シ【shi】	吸 + 水 → シ 字音　字形				
	シ				
ス【su】	輸 + 人的頭上砍一刀 → ス 字音　　　　字形				
	ス				
セ【se】	**鎖碼 1**　　　　　**鎖碼 2** 七 + seven → セ　　平假名せ + 少一劃 → 片假名セ 字形　字音　　　　　字音　　　字形				
	セ				
ソ【so】	平假名そ + 取上半片 → 片假名ソ 　　已知　　　　字形				
	ソ				

タ 【ta】	夕 + 塌 → タ 字形　　字音	タ
チ 【chi】	雞 + 千 → チ 字音　　字形	チ
ツ 【tsu】	張嘴ㄘㄨ飯的つ + 眼睛在笑 → ツ 　　已知　　　　　　字形	ツ
テ 【te】	拿（台語） + 少一元 → テ 字音　　　　字形	テ
ト 【to】	頭 + ト → ト 字音　　字形	ト

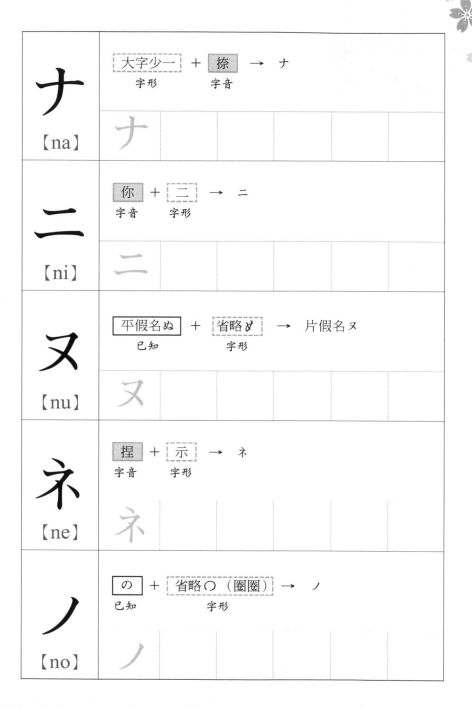

ナ【na】	大字少一 + 捺 → ナ 字形　　　字音			
	ナ			
ニ【ni】	你 + 二 → 二 字音　字形			
	二			
ヌ【nu】	平假名ぬ + 省略ઠ → 片假名ヌ 已知　　　字形			
	ヌ			
ネ【ne】	捏 + 示 → ネ 字音　字形			
	ネ			
ノ【no】	の + 省略〇（圈圈）→ ノ 已知　　　字形			
	ノ			

ハ 【ha】	哈 + 八 → ハ 字音　字形 ハ
ヒ 【hi】	**鎖碼 1**　　　　　　　　**鎖碼 2** He + "匕"首 → ヒ　　ひ + "匕"首 → ヒ 字形　　字音　　　　　字音　　字形 ヒ
フ 【hu】	張嘴 + 呼 → フ 字形　　字音 フ
ヘ 【he】	黑 + 溜滑梯 → ヘ 字音　　字形 ヘ
ホ 【ho】	猴 + 木 → ホ 字音　字形 ホ

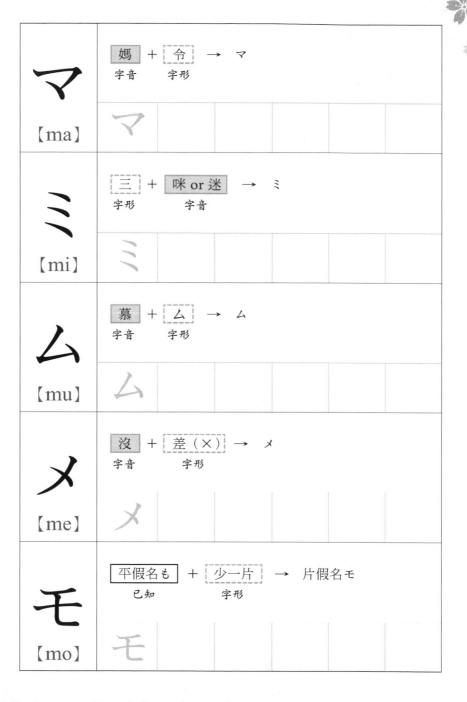

マ 【ma】	媽 + 令 → マ 字音　字形				
	マ				
ミ 【mi】	三 + 咪 or 迷 → ミ 字形　　字音				
	ミ				
ム 【mu】	慕 + ム → ム 字音　字形				
	ム				
メ 【me】	沒 + 差（×）→ メ 字音　　字形				
	メ				
モ 【mo】	平假名も + 少一片 → 片假名モ 　已知　　　字形				
	モ				

ヤ 【ya】	平假名や + 少一片 → 片假名ヤ 　已知　　　字形 ヤ
ユ 【yu】	ゆ + エ → ユ 已知　　字形 ユ
ヨ 【yo】	三 + 優 or 油 → ヨ 字形　　字音 ヨ

ラ【ra】	フ（已知） ＋ 呼（字音） ＋ 多一片（字形） → ラ ＋ 拉（字音）
	ラ
リ【ri】	平假名り（已知） → 片假名リ（工整化）
	リ
ル【ru】	兒（字形） ＋ 盧 or 努（字音） → ル
	ル
レ【re】	平假名し → 失 片假名レ → 禮
	レ
ロ【ro】	肉（字音） ＋ 口（字形） → ロ
	ロ

ワ 【wa】	嘴巴長牙 + 娃 → ワ 字形　　　字音 ワ					
ヲ 【o】	張嘴 + 舌頭 + O → ヲ 字形　　字形　　字音 ヲ					
ン 【n】	嗯 + 冰 → ン 字音　字形 ン					

超好記！今天就學會日語五十音

作　　　者／陳光
責任編輯／郭珮甄
內頁設計／謝宜欣
封面設計／13 studio
企畫選書人／賈俊國

總　編　輯／賈俊國
副總編輯／蘇士尹
編　　　輯／高懿萩
行銷企畫／張莉榮・黃欣・蕭羽猜

發　行　人／何飛鵬
法律顧問／元禾法律事務所　王子文律師
出　　　版／布克文化出版事業部
　　　　　　台北市中山區民生東路二段141號8樓
　　　　　　電話：(02)2500-7008　傳眞：(02)2502-7676
　　　　　　Email：sbooker.service@cite.com.tw
發　　　行／英屬蓋曼群島商家庭傳媒股份有限公司城邦分公司
　　　　　　台北市中山區民生東路二段141號2樓
　　　　　　書虫客服服務專線：(02)2500-7718；2500-7719
　　　　　　24小時傳眞專線：(02)2500-1990；2500-1991
　　　　　　劃撥帳號：19863813；戶名：書虫股份有限公司
　　　　　　讀者服務信箱：service@readingclub.com.tw
香港發行所／城邦（香港）出版集團有限公司
　　　　　　香港灣仔駱克道193號東超商業中心1樓
　　　　　　電話：+852-2508-6231　傳眞：+852-2578-9337
　　　　　　Email：hkcite@biznetvigator.com
馬新發行所／城邦（馬新）出版集團 Cité (M) Sdn. Bhd.
　　　　　　41, Jalan Radin Anum, Bandar Baru Sri Petaling,
　　　　　　57000 Kuala Lumpur, Malaysia
　　　　　　電話：+603- 9057-8822　傳眞：+603- 9057-6622
　　　　　　Email：cite@cite.com.my
印　　　刷／卡樂彩色製版印刷有限公司
二　　　版／2022年12月
二　　　版／2022年12月29日初版1.3刷
售　　　價／300元
ＩＳＢＮ／978-626-7256-02-2
EISBN／978-626-7256-15-2

城邦讀書花園
www.cite.com.tw

布克文化
WWW.SBOOKER.COM.TW